LA FÁBRICA DEL CRIMEN

LA FÁBRICA DEL CRIMEN

Sandra Rodríguez Nieto

temas 'de hoy.

Diseño de portada: Marvín Rodríguez

© 2012, Sandra Rodríguez

Derechos reservados

© 2012, Editorial Planeta Mexicana, S.A. de C.V.
Bajo el sello editorial TEMAS DE HOY^M.R.
Avenida Presidente Masarik núm. 111, 2o. piso
Colonia Chapultepec Morales
C.P. 11570 México, D.F.
www.editorialplaneta.com.mx

Primera edición: febrero de 2012
ISBN: 978-607-07-1019-3

Impreso en los talleres de Litográfica Ingramex, S.A. de C.V.
Centeno núm. 162, colonia Granjas Esmeralda, México, D.F.
Impreso y hecho en México – *Printed and Made in Mexico*

Para ARMANDO RODRÍGUEZ,
por tu trabajo de documentación
sobre los hechos que convirtieron a Juárez
en la ciudad más violenta de México

1

Un crimen

EL SONIDO prolongado de un claxon y luego el de una alarma de vehículo irrumpieron en medio de la noche. Una camioneta Explorer, sin placas e impactada contra el tronco de un árbol, empezó a consumirse en un fuego que esa madrugada de mayo contrastó con la oscuridad del Camino a Zaragoza, una vereda arcillosa que atraviesa los escasos plantíos de esa parte del valle del Río Bravo, la menos desértica de Ciudad Juárez. Unos 300 metros al noreste, lo único visible era la silueta de los toboganes del balneario Las Anitas, formada contra las luces que bordean y, desde Estados Unidos, iluminan el foso casi siempre seco de la división con México.

La Explorer no estaba sola cuando empezó el incendio. Cerca esperaba una Cherokee que, a los pocos minutos, hacia las tres de la madrugada, se alejó en sentido contrario al río. El lugar se antoja más que propicio para abandonar cualquier cosa. Despoblado y de difícil acceso, no se conecta con el resto de la mancha urbana sino metros al oeste, en un jardín de niños construido en medio de campos de cultivo y terrenos baldíos. La negrura del ambiente una vez que se acaba el día alienta la sensación de que distinguir quién hace qué tiene una posibilidad mínima. Por eso fue el punto elegido para dejar la Explorer ardiendo.

Pero el paraje que el conductor de la Cherokee consideró aquella madrugada tan solitario, abandonado y propicio para sus intenciones es en realidad un vivero propiedad del empresario Ricardo Escobar, hermano de un político panista —Abelardo Escobar— que dos años y medio después se convirtió en secretario de la Reforma Agraria del presidente Felipe Calderón. El familiar es uno de los propietarios de esa zona de Juárez, y el velador que empleaba en el sembradío fue el primer entrevistado por el Ministerio Público del estado sobre lo ocurrido esa madrugada del viernes 21 de mayo de 2004. El trabajador tenía 50 años y fue el único que, desde el cuarto construido al fondo del terreno, escuchó primero el ruido del claxon y luego el motor de un segundo vehículo emprender la marcha. La alerta lo hizo levantarse de la cama. Desde el quicio de la puerta, en dirección a la frontera, observó entonces unas altas llamaradas y, contra uno de los álamos que crecían junto al cerco, lo que parecía ser una camioneta cuyo color o modelo le fue imposible distinguir. Trató entonces de acercarse, pero en eso empezaron a oírse unas explosiones. Pensó que debía avisar a la policía —diría más tarde a los agentes que lo interrogaron—, pero tampoco pudo, porque no tenía teléfono. La Cherokee no requirió siquiera velocidad para escapar entre los hoyos y las piedras del camino.

El fuego fue reportado al Departamento de Bomberos casi

una hora y media después, cuando un agente de la Policía Municipal a bordo de una patrulla alcanzó a ver lo que, desde su posición en la avenida Waterfill, junto al Puente Internacional Zaragoza, parecía ser el incendio de maleza en la margen del río. En esos días, Juárez estaba extremadamente "caliente" luego de que, hacía cuatro meses, a finales de enero, un grupo de policías de la Judicial del estado fueran identificados como autores del secuestro y asesinato de 12 personas encontradas en el patio de una casa ubicada en pleno corazón de la ciudad, en el fraccionamiento Las Acequias. Se les acusaba de trabajar para el cártel de los Carrillo Fuentes, que entonces controlaba el tráfico de drogas en todos los cruces fronterizos del estado de Chihuahua, incluidos los cinco de Juárez. A la acusación y posterior desbandada de policías les siguió una racha de homicidios con balaceras en plena vía pública. Para esa madrugada del 21 de mayo iban ya 23 víctimas ultimadas al estilo del crimen organizado. Cuatro tan sólo en esa semana. Por eso, como otros agentes, el policía municipal se acercó al lugar del incendio aunque había reportado que podría ser sólo maleza.

Los bomberos lucharon más de una hora contra las llamas. El amarillo del siniestro se combinaba con las luces rojas y azules de las torretas de las patrullas.

—Ya nos vamos —le dijo un agente municipal a otro.

—No —respondió el primero en llegar—. Quédense. A lo mejor esta camioneta trae premio.

Pasadas las cinco de la madrugada, cuando empezaba a clarear el día, finalmente entre el humo se pudo ver completo el esqueleto ennegrecido de una camioneta con toldo en la parte trasera. Un bombero fue el primero en acercarse para ver qué guardaba en el interior la unidad que tanto trabajo les había costado apagar. Lo que encontró, diría después en una entrevista, fue el mayor impacto de su carrera de seis años apagando incendios: eran los restos ya mínimos de tres seres humanos, casi totalmente destruidos, colocados sobre los asientos traseros desplegados como camas. A todos les había estallado la cabeza; a uno le faltaban además los brazos y las piernas y se le podía ver la columna vertebral a través del tórax. Encima tenía otro más pequeño.

Eran el "premio" al que se refería el policía.

UNAS SEIS HORAS ANTES, la noche del jueves 20, tres adolescentes circulaban en un viejo Intrepid color guinda algunos kilómetros al sur del Camino a Zaragoza, sobre el Camino a la Rosita, una calle también sin pavimentar que surca lotes vacíos habilitados como zonas habitacionales, granjas y basureros dispersos unos de otros. Es el límite entre la margen del Río Bravo y el inicio del desierto.

Ahí, entre baches y sin prisa, un adolescente moreno y delgado conducía el Intrepid junto a sus dos mejores amigos de la escuela y de la vida. Era Eduardo Jiménez, un nativo de El Paso, de 17 años y estudiante del Colegio de Bachilleres 6, la única preparatoria que hay en el Valle de Juárez. Junto a él, en el asiento del copiloto, iba Vicente León Chávez, de 16, de quien se había vuelto inseparable desde que coincidieron en el salón de clases al inicio del cuarto semestre, en febrero de ese 2004. Uziel Guerrero, a quien Eduardo conocía a través de Vicente, dormitaba en el asiento trasero; tenía 18 años.

Vicente llevaba esa noche un arma calibre .38 fajada entre la cintura y el pantalón gris, oculta bajo la camisa blanca que completaba su uniforme escolar. Iban en dirección a su casa, y le hablaba a Eduardo con un tono más impositivo que de costumbre.

—Tiene que ser hoy. Mañana es viernes y el sábado los bancos están cerrados —le dijo.

—Pues entonces lo hacemos la otra semana. Al cabo ya tenemos la pistola —contestó Eduardo.

—No, porque nada más me la prestaron para hoy —insistió el primero, casi enojado.

Vicente era una especie de autoridad entre los tres amigos. Les hablaba con firmeza, alzando frecuentemente la voz y el tono para imponer sus ideas. Se sentía el más inteligente y acostumbraba decírselos, sobre todo a Uziel, a quien por años le había repetido que no opinara porque "era un tonto" y porque sólo él tenía la razón siempre. Sin saber por qué, Uziel lo había tolerado desde que estudiaban juntos en la Secundaria Técnica 44 y ya compartían las malas calificaciones y la reputación de indisciplinados. Para Eduardo, Vicente también se había convertido en un amigo indispensable en poco tiempo. Aunque él era más sosegado y se distinguía por sus buenas calificaciones, su promedio había bajado desde que inició esa amistad con el menor que, además, bebía cerveza, había probado la marihuana, el éxtasis y los hongos alucinógenos, y era todo arrojo y despreocupación. Eso era lo que a Eduardo y a Uziel les parecía estimulante y divertido.

La adrenalina de la amistad había aumentado sobre todo en los últimos días, en los que Vicente le había contado a Eduardo lo que pensaba hacer con la pistola y, casi a diario, discutían juntos sobre la forma de conseguirla. Por horas recorrieron calles de las colonias que entonces eran consideradas las más delictivas de Juárez, como la Melchor Ocampo, preguntando abiertamente a cuanto "cholo" se encontraban si sabían dónde podrían comprar o rentar un arma.

Uziel había sido casi totalmente ajeno a lo que sus dos amigos traían entre manos hasta ese jueves, para cuya noche había planeado un encuentro con una chica en un billar de la colonia Satélite, donde vivía. Hacía tiempo que había abandonado la religión cristiana-evangélica en la que había sido educado por sus padres y tan lejos estaba ya de cualquier lección moral que, cuando su mejor amigo le dijo lo que se proponía hacer esa noche, él en un principio se impactó, pero después simplemente respondió que lo ayudaría, con la condición de que lo hicieran a tiempo para que pudiera llegar a su cita.

No lo logró. Eran ya las 11 de la noche cuando se despertó y se dio cuenta de que Eduardo estacionaba y apagaba el motor del vehículo frente a la casa de Vicente. El viento ligeramente fresco de la primavera les dio a los tres en la cara al bajar y caminar por la calle sin banqueta. El ámbar del alumbrado público llegaba tenue a la casa de muros grises, rodeada por la oscuridad del terreno de casi una hectárea en el que sólo había unos cuantos árboles y un techo metálico que cubría un taller de carrocería. Una pequeña placa con la dirección todavía se observa en una esquina de la fachada de la vivienda. Dice: "Camino a la Rosita 5824. Dios bendiga nuestro hogar".

Vicente se detuvo intempestivamente en el porche antes de entrar.

—Mejor todavía no —dijo—. Hay que comprar más balas. Nomás tengo una.

—Bueno —le respondió Eduardo.

Los tres se quedaron un rato en silencio. Vicente, que era el más alto, observaba a sus amigos. Lo de la única bala no era cierto, sino un pretexto para ganar tiempo y encontrar la manera de convencer a alguno de ellos de disparar en su lugar. Se preguntó si incluso sería capaz de persuadirlos de eso.

UZIEL EMPEZÓ a ponerse tenso. Su debilitado instinto de conservación alcanzó a advertirle que esta vez Vicente lo llevaría demasiado lejos, que lo de usar la pistola iba en serio. Lo conocía de años; lo sabía capaz de todo. Fue entonces cuando el menor les hizo una crucial propuesta a él y a Eduardo.

—Vamos a echar un volado, para ver quién dispara —les dijo. Los otros se voltearon a ver, sorprendidos e intrigados. No creían que Vicente estuviera hablando en serio.

—Acuérdense de los 200 mil dólares del seguro —les insistió—. Ya les dije que va a parecer que fueron los narcos.

Vicente aprovechó la estupefacción de sus amigos ante su idea y, casi sin que lo notaran, se sacó tres monedas del bolsillo del pantalón, le puso una a cada uno en las manos y lanzó la suya al aire, atrapándola al caer contra su muñeca izquierda. Como ocurría siempre que hacía algo, Eduardo y Uziel imitaron sus movimientos de inmediato y sin percatarse. En menos de medio minuto, Uziel perdió.

—No, yo no lo voy a hacer —le dijo a Vicente, convencido de que por esa vez no le haría caso.

—No seas tonto, ¡ya dijiste que sí!

Algo en la voz y en la actitud de Vicente lo había convertido en lo más cercano a una ley para Uziel, acaso una de las pocas que le resultaba imposible romper. Por esa costumbre de obedecerlo y quizá por la sorpresa, no se dio cuenta en qué momento tomó el arma.

—¡Ándale! Ya agarraste la pistola, la tienes en la mano —le dijo Vicente—. ¡Ve!

Uziel trató de regresarle la calibre .38 y le volvió a hablar con la mayor convicción que pudo.

—No voy a hacer nada. Son tus papás, son tus problemas. Tú dispara.

Vicente desistió momentáneamente de convencerlo y retomó el arma. Ya lo haría después cumplir con el designio del azar. Lo importante era no detenerse, entrar en la casa y concluir esa misma noche lo que ya había decidido. Estaba cansado de su familia: de su padre, que lo trataba con rudeza y parecía disfrutar con las barreras que imponía a su comportamiento, le gritaba y lo reprendía casi como un deporte. Odiaba también a su madre, en quien nunca vio una actitud de defensa en su favor y que también lo regañaba constantemente. Pero detestaba, sobre todo, a su hermana menor, Laura Ivette, una dulce adolescente de 13 años que, como él, tenía la tez clara, los ojos grandes y ligeramente caídos, la nariz fina y la ceja poblada. Dócil, estudiosa y obediente, Laura Ivette era la adoración de sus amigos de la Secundaria Técnica 44 y de cuantos la conocían, y para Vicente se trataba además de la favorita de sus padres. Pero a él, en realidad, le parecía una niña hipócrita. A escondidas de todos y tras asegurarse de que nadie los viera, la hermana se acercaba y se burlaba de que a ella sí le hubieran comprado un automóvil con el que pronto empezaría a ir a la escuela. A él, en cambio, le decía Laura Ivette con un tono que Vicente consideraba de desprecio, jamás le regalarían uno. La diferencia entre tener o no un vehículo significaba que él debía seguir pasando una hora diaria en las insoportables "ruteras", las viejas unidades de transporte público en las que recorría varios kilómetros para llegar al Bachilleres. En verano, entre la una y las dos de la tarde, la falta de aire acondicionado en los casi siempre maltrechos camiones lo dejaba bañado en sudor antes de empezar las clases. Él mitigaba el calor y el tedio de esos largos minutos bebiéndose casi un litro de cerveza tan sólo en ese primer trayecto del día. Ya tenía una extendida fama de borracho entre varios de sus compañeros, quienes, al igual que los maestros, lo consideraban un irresponsable.

Salvo Uziel y Eduardo, sin embargo, nadie imaginó que por esos días de mayo en lo único que Vicente pensaba era que aborrecía a su familia y que quería verlos muertos a todos, excepto al pequeño C.E., su hermano de tres años y el único ser sobre la tierra por el que llegó a sentir algún afecto.

—Ya la estamos pensando mucho —dijo Vicente a sus amigos mientras entraban en la casa.

Un espacio de sala y cocina se abrió detrás de la madera blanca de la puerta. Vicente encendió la luz. Las dimensiones de su casa eran mayores a las de un hogar promedio de Ciudad Juárez. De unos 20 metros cuadrados sólo en esa área común. A mano izquierda había un pasillo en cuyo fondo estaba la recámara principal, la que ocupaban Vicente León Negrete y Alma Delia Chávez Márquez, de 40 y 36 años, respectivamente. Con la ventana abierta, la pareja disfrutaba en ese momento de la brisa que entraba mientras, como siempre por la noche, veían la televisión, absolutamente ajenos a lo que pasaba por la mente del hijo que habían traído al mundo hacía 16 años.

Laura Ivette dormía en su propia habitación, al otro lado del pasillo, en su mundo de niña despertando al amor de los jovencitos que la cortejaban. C.E. dormía con ella.

—Vamos a mi cuarto —dijo Vicente a Uziel y a Eduardo, bajando el interruptor y dejando de nuevo la sala en penumbras, como permanecería el resto de la noche. Los tres pasaron a una recámara ubicada junto a la principal y se sentaron en una cama individual con cabecera de barrotes de madera pintados de café y amarillo. Los tres vestían el pantalón gris y la camisa blanca que los distinguía como estudiantes de Bachilleres.

Vicente se sentó en una silla de plástico. Puso la pistola color negro en la cama y los tres empezaron a juguetear con ella, a intercambiársela, a apuntarse y a posar como si fueran jefes de alguna pandilla. Luego, el tema del homicidio pareció olvidárseles a Eduardo y a Uziel mientras hablaban de cosas como el día de campo de la mañana siguiente en el balneario Las Anitas, con el que la dirección de la escuela celebraría al alumnado por el Día del Estudiante.

Sólo Vicente mantenía fija su idea y salía de vez en cuando de la habitación para echar un vistazo a sus padres. En una de esas ocasiones volvió con un cuchillo que tomó de la cocina y se lo dio a Eduardo.

—Por si acaso, tú sigues a Uziel y, si no les da, tú sabrás lo que haces —le dijo.

Vicente mezclaba una voz agresiva y dominante con la actitud de quien está por cometer una fácil fechoría. Los convenció de que sólo habría que esperar a que se durmieran sus padres, aprovechar su inconciencia y matarlos. Más importante era pensar en lo que harían con el dinero. Nadie, nunca y por ningún motivo, los descubriría.

Poco después de la medianoche, Vicente se paró por última vez para revisar a sus padres. Volvió entonces a su cuarto y se dirigió a Uziel, entregándole el arma.

—Ya se durmieron. ¡Ándale, ya está!

—No… —le respondió Uziel.

—¡Ándale! ¡Tú perdiste! —insistió Vicente, con la capacidad de manipulación de la que era consciente y que invariablemente funcionaba con Uziel.

—¡Ándale! —repitió.

Uziel tomó el arma y salió de la recámara, pero trató de regresar.

—No. No lo quiero hacer —alcanzó a decir en voz baja.

—¿Cómo no? ¡Ándale! Acuérdate del dinero que te voy a dar —le respondió Vicente, pasando del susurro incisivo a un ligero alzamiento en el tono.

La voz de Alma Delia los interrumpió entonces desde su cuarto.

—Vicente, ¿eres tú?

—¡Ándale! —le insistió Vicente a Uziel en voz más baja, colocándolo de espaldas a él y empujándolo para que caminara en dirección a la recámara de sus padres.

—Tú nomás imagínate en tu carro —agregó Vicente, susurrándole por encima del hombro.

Uziel caminó a oscuras por el pasillo con el arma en la mano derecha y se paró frente a una puerta de madera.

—¡Ya dales! —le ordenó Vicente.

Uziel cerró entonces los ojos, volteó ligeramente el rostro y disparó en dos ocasiones, logrando dar contra el tórax de Vicente León Negrete, atravesándole un pulmón.

En la habitación apenas iluminada por la televisión, Alma Delia no alcanzó a ver más que la sangre que empezaba a brotar del pecho de su esposo y sus ojos abiertos con la expresión ausente de la muerte.

Uziel corrió de inmediato hacia el porche y Vicente se encerró en el baño. Eduardo se quedó de pronto solo en el pasillo y se acercó a la puerta de la recámara principal a ver lo que habían hecho sus amigos. La sangre en el cuerpo del hombre lo dejó atónito. Apenas si notó a Alma Delia, quien sólo acertaba a gritar mientras veía el cadáver del hombre con quien se había casado. El peso que la mujer había ganado con los años le impidió moverse con presteza. La sorpresa y el miedo tampoco le permitieron reaccionar a tiempo.

De pie junto a la puerta de la recámara, Eduardo sintió de pronto la presencia de Vicente tras de sí.

—El cuchillo te toca a ti —le dijo, empujándolo, hablándole en el mismo tono que usaba con Uziel y que no era más que el que por años había usado su padre con él.

Alma Delia los alcanzó a ver desde la cama.

—¡Es el *Güero*! —gritó la madre, tratando de levantarse.

—¡Ya! —le ordenó Vicente a Eduardo entre los gritos.

—¡Vicente, ayúdame! ¿Por qué nos estás balaceando, *Güero*?

—¡No soy yo! —respondió el hijo desde el pasillo—. Que se muera —le dijo después a Eduardo, quien, entre la sangre, la confusión y el llanto de la mujer, entró en la recámara casi corriendo, aturdido, lanzándose con el cuchillo.

—¡Lalo! ¿Por qué? —le gritó Alma Delia con los brazos hacia el frente, tratando en vano de contener el ataque.

—No sé, señora. Pregúntele a su hijo.

La primera puñalada fue el único medio con el que Eduardo logró acallar los gritos. La luz de la pantalla de la televisión formaba una sombra contra su cuerpo y le ocultaba la imagen de Alma Delia y su rostro de dolor, angustia y pánico. Luego sólo oyó un zumbido y la apuñaló en dos, tres, cuatro, hasta doce ocasiones. La hirió en el cuello, en todo el tórax y en el abdomen hasta que sintió el olor nauseabundo de la sangre. De no ser por el repentino dolor de cabeza que le revolvió el estómago, Eduardo habría seguido destrozando el cuerpo de la madre de su amigo de manera casi inconsciente. Volvió en sí sin poder siquiera detenerse a ver lo que había hecho porque tuvo que salir corriendo al baño, alcanzando apenas a contener el vómito antes de pararse frente al inodoro.

La voz de una niña se escuchó entonces en el pasillo, frente a la sala. Era la pequeña Laura, que caminaba aún adormilada. Su pelo suelto y revuelto, su short, la playera blanca que usaba como pijama y sus ojos a medio cerrar acentuaron la inocencia de la pregunta que hizo al ver a su hermano.

—¿Qué pasó?

—Nada —le respondió Vicente, tomándola violentamente por el cuello, asfixiándola con el antebrazo mientras la apuñalaba con otro cuchillo de cocina que le hundió en nueve ocasiones. El fragilísimo cuerpo de la adolescente sucumbió en muy pocos minutos ante la pérdida de sangre de las heridas que le destrozaron casi todos los órganos vitales.

Eduardo vio a Vicente ahorcar a su hermana en la semioscuridad, cuando salió del baño y se detuvo en el pasillo. Un acto reflejo lo llevó a cerrar la puerta que Uziel había dejado abierta cuando salió enloquecido al porche. Ahí seguía, de hecho. Eduardo lo vio temblando, tapándose los oídos, llevándose las manos a la cabeza con la pistola todavía en una de ellas.

Eduardo fue el único que expresó una noción de la existencia de la ley en toda esa noche.

—Métete. No puedes estar afuera con la pistola. Puede pasar una "cámper" —le dijo a Uziel.

Al volver a la sala, los dos vieron el cuerpo de Laura Ivette en el suelo, boca abajo, inmóvil y con una funda de almohada en la cabeza. Vicente les habló entonces desde la habitación, diciéndoles que fueran por cobijas y sábanas para que cubrieran los cuerpos. Él se dirigió al patio por una camioneta Explorer de alguno de los clientes de su padre; la puso de reversa contra la puerta del patio y extendió los respaldos de los asientos traseros. Luego abrió la puerta del toldo.

Eduardo salió también al patio, donde cortó un pedazo de un pliego de plástico azul que cubría uno de los vehículos para envolver a la pequeña Laura Ivette. Con la ayuda de Uziel, llevó el cuerpo al patio y lo dejó sobre uno de los asientos de la Explorer.

Uziel volvió a la recámara a tratar de cargar a la pareja. Tirar los cuerpos había sido la única parte acordada del crimen. Después de haber matado a los padres, subir los cadáveres a la camioneta y buscar un lugar para deshacerse de ellos les parecía lo de menos. Si en algo creían de lo que les había dicho Vicente, era que eso sería muy fácil, que nadie iba a descubrirlos.

—Haz paro con tu jefa —le pidió Uziel a Vicente.

Frente a la cama, Vicente tomó a su madre de un brazo,

Eduardo del otro y Uziel de los pies. La pusieron sobre una cobija, la arrastraron de la recámara al patio y la tendieron en el otro asiento de la Explorer, del lado del piloto.

Volvieron luego por el padre de Vicente, a quien pretendían envolver con una sábana. Al tratar de mover el cadáver, sin embargo, notaron que la sangre se había coagulado en la espalda y que su viscosidad lo había adherido al colchón. Vicente fue rápidamente a la cocina y regresó con una jarra de agua con la que trató de despegarlo. Luego lo jaló de un brazo, Uziel del otro y Eduardo lo tomó de los pies. De nuevo cruzaron la casa en dirección al patio y colocaron el cuerpo del hombre en el asiento donde estaba el cadáver de Laura, a la que dejaron ligeramente sobre su padre.

Hasta entonces Vicente encendió la luz de la casa. Todo en el pasillo eran manchas rojizas que formaban un largo trazo entre la recámara y la puerta. Tomó la jarra, la llenó de agua y la empezó a vaciar en el suelo. Quitó después las sábanas de la cama y las almohadas, recogió el mango de un cuchillo que había terminado sobre el buró y arrojó todo en la camioneta, encima de los cuerpos. Del patio tomó una cubeta y un trapeador. Uziel y Eduardo se sentaron en un sofá de la sala, observando el frenético trabajo de limpieza que realizaba Vicente, que en algún momento se había quitado el pantalón gris del uniforme que los otros dos aún traían puesto.

—¿Qué vamos a hacer con los cuerpos? —preguntó Uziel.

—Hay que movernos a quemarlos —respondió Vicente—. ¿Tú sabes dónde podemos dejarlos? Allá por tu casa.

—Más allá de la Fidel Ávila hay un terreno —respondió Uziel desde el sofá.

—Entonces yo me llevo la Explorer y ustedes me siguen en uno de los carros del taller; ahí está la Cherokee de mi papá, con las llaves puestas.

Vicente salió al patio y entró en una pequeña bodega construida en un costado del terreno, donde su padre guardaba sus herramientas de trabajo; de ahí tomó un galón con gasolina y una botella que contenía un disolvente inflamable de nombre Reduce con el que su padre despintaba varias partes de los vehículos. De ahí había tomado también las llaves de la Explorer. Abrió después la puerta de herrería que resguardaba la propiedad, volvió a la camioneta, se puso al volante y encendió la marcha. Eduardo tomó la Cherokee y, junto con Uziel, lo siguió sobre el terroso Camino a la Rosita, en dirección al norte. A unos 400 metros, Vicente se detuvo y esperó a que sus amigos lo rebasaran para seguirlos.

—¿A dónde? —les preguntó.

—A donde habíamos quedado —le respondió Uziel—. Tú sólo dale —le dijo a Eduardo, que conducía a su lado.

Del Camino a la Rosita tomaron la avenida Ejército Nacional, que a unos 30 metros cruza con el camino Juárez-Porvenir y más adelante cambia su nombre a avenida Internacional, o Waterfill, sobre la que los tres adolescentes condujeron un par de vehículos sin placas entre los bares, restaurantes baratos y hoteles de paso que hay rumbo al Puente Zaragoza. Doblaron de nuevo al norte en la calle Nardos, una arteria ancha sin pavimento en la que casas de amplios frentes con barandales se mezclan con fraccionamientos cerrados y lotes baldíos. Al pasar uno de éstos, en una esquina con un jardín de niños, la Cherokee dobló a la derecha, hacia el Río Bravo, en una brecha bordeada de árboles por la que avanzaron unos cientos de metros, ya de lleno entre campos de cultivo. Era el Camino a Zaragoza.

—Párate. Vamos a esperar a Vicente —dijo Uziel en medio de la casi total oscuridad, sólo con las luces de la frontera al final de la ruta. Eduardo detuvo brevemente la marcha. Vicente se les emparejó, quedando del lado del copiloto.

—Adelántate tú, vete lo más adentro que puedas y allá déjala —le dijo Uziel.

Vicente avanzó entonces unos cuantos metros, se puso frente a un árbol, aceleró e impactó la Explorer. Luego se bajó, tomó el galón con el combustible y la botella con el solvente y, junto con Uziel, que había bajado de la Cherokee para ayudarlo, empezó a rociar la camioneta por dentro, en los asientos, el tablero, el suelo, sobre los cadáveres de su familia...

—Quítate —le ordenó a Uziel antes de prender el fuego con un encendedor que traía en el bolsillo y alejarse corriendo.

Eduardo los esperaba con el motor encendido de la Cherokee y, cuando Uziel y Vicente se subieron, emprendió la marcha en sentido contrario al río. Eran alrededor de las tres de la madrugada.

—Dale a mi casa —le dijo Vicente mientras se perdían en la noche. Estaban tan convencidos de que habían consumado un crimen perfecto que todavía se desviaron algunos kilómetros sobre la avenida Internacional para comprar ácido muriático en una tienda Bip Bip abierta las 24 horas. El empleado que los atendió no les vio las manchas de sangre a través de la ventana del autoservicio.

En cuanto regresaron a la casa, Vicente empezó a limpiar con el ácido todo lo que tuvo a la vista, desde el piso y la chapa de la puerta de la recámara hasta el buró, el abanico y la cama. Con la ayuda de Eduardo, volteó el colchón y le extendió una sábana limpia. Sus amigos estaban ya cansados y querían irse. Casi en silencio se quitaron los pantalones grises del uniforme y se cambiaron con la ropa de Vicente, quien, sin decir palabra, de pronto se encerró en el cuarto donde todavía dormía el pequeño C.E., a cuyo lado se sentó por un momento.

—¿Qué vas a hacer con tu hermanito? —le preguntó Uziel desde el marco de la puerta.

—A él no le va a pasar nada. Lo voy a sacar de Juárez y lo voy mandar a un rancho —le respondió Vicente.

—Ustedes llévense la Cherokee —les dijo—. Acuérdense de venir en la mañana para ponernos de acuerdo en lo que vamos a hacer.

Uziel y Eduardo se fueron casi a las cinco. A esa hora, la luz del sol empieza a clarear y por todos rumbos se escuchan los motores de los camiones de transporte de personal que llevan a los empleados a las maquiladoras.

Al quedarse solo en su casa, Vicente siguió limpiando la sangre. Las formas de las suelas de diferentes zapatos marcadas con el viscoso líquido estaban por todos lados, en la cocina, en el pasillo… Vicente tuvo que salir varias veces al patio para llenar una cubeta con agua y lavar las manchas. Con ellas se irían los días de regaños que creía injustificados, de permisos cancelados sin explicación, de presiones para seguir reglas que no comprendía y, también, la pertenencia a un grupo de personas con las que no tenía ningún vínculo comunicativo. Atrás quedaban por igual las humillaciones de Laura Ivette, la adorada de todos, la primera a la que sus papás premiaron con un vehículo propio...

Vicente terminó de limpiar alrededor de las seis de la mañana. Volvió a la habitación de C.E., a quien envolvió en una cobija, lo tomó en sus brazos y lo llevó a la recámara principal. Ahí, en la cama de sus padres, se acurrucó con él y se quedó dormido hasta las 10 de la mañana de ese viernes 21 de mayo de 2004.

2

La ciudad

OCURRIÓ TAMBIÉN en la zona conocida como La Rosita, pero la tarde del sábado 25 de octubre de 1997, a unos cientos de metros de la casa de Vicente León.

No fue necesario el uso de la fuerza para abrir el portón blanco de más de tres metros de alto que cerraba el acceso a la propiedad número 747 de la calle Luna, rodeada por una barda blanca coronada con malla ciclónica y postes de alumbrado. Sin hacer preguntas, el velador corrió la puerta en cuanto escuchó la orden proveniente de la calle, donde lo esperaba casi medio centenar de agentes de las policías judiciales federal y del estado. Tenían la misión de revisar el interior de esa dirección, casi en la esquina que forman la avenida Jilotepec y la carretera Juárez-Porvenir, que conduce al Valle, a unos cuantos kilómetros del Puente Internacional Zaragoza.

Despejada la entrada, reportaron las crónicas periodísticas, los agentes policiacos encontraron un lote de vehículos que, se sospechaba, eran utilizados en las actividades del cártel de Juá-rez. La Procuraduría General de Justicia del estado informó que había 21, varios de lujo. Apretados en un patio encementado de alrededor de 300 metros cuadrados, estaban un camión blanco tipo "dompe", blindado; una camioneta Ram Charger negra, con molduras y espejos chapeados en oro, placas del Distrito Fede-ral y también a prueba de balas; una Suburban azul marino, un Mustang, un Corvette amarillo y otros. El interior del patio se extendía varios metros más al sur, donde se alcanzaban a ver un kiosco, asadores y, a lo largo de la barda, palmeras en crecimien-to y lámparas que todavía hoy se alzan más de seis metros, visi-bles desde la calle.

Vecinos entrevistados entonces también dijeron haber nota-do que de la casa constantemente entraban y salían camiones de carga y automóviles deportivos y de lujo, además de personas armadas.

Vicente León cumpliría 10 años el siguiente lunes 27 de oc-tubre. Para ese 1997, en La Rosita abundaban los rastros de la ac-tividad delictiva. Años atrás, el cuerpo de un hombre asesinado con arma blanca había sido abandonado en el canal de irriga-ción seco que cruza el área. Luego otro cadáver había sido en-contrado en la cajuela de un vehículo al que además le prendie-ron fuego.

La violencia había aumentado no sólo en La Rosita sino en toda la ciudad, particularmente desde 1993, cuando de un año a otro las estadísticas registraron un incremento de 55 a más de 120 homicidios, ascenso que se mantendría a partir de entonces y que no volvería a ceder. En 1997 hubo casi 250 asesinatos en la ciudad, la mayoría de ellos a partir de la muerte de Amado Carrillo Fuentes, quien había llegado a encabezar el cártel de Juárez justo en 1993, al ser asesinado el capo anterior, el ex policía judicial federal Rafael Aguilar. Desde entonces, los homicidios se dispararon contra hombres y mujeres.

Hasta 1997, sin embargo, para muchos la violencia que ocurría en Juárez tenía la particularidad de parecer que se desarrollaba en alguna otra parte. La ciudad estaba en esos años en pleno proceso de explosión demográfica y crecimiento económico. De ser una localidad mediana, justo en esa última década del siglo XX Juárez se había convertido en la capital de la industria maquiladora de todo México. Decenas de empresas trasnacionales subcontrataban a otras que, a su vez, enviaban autobuses con reclutadores a diferentes estados del sur de la república específicamente para traer a decenas de miles de personas que, a un ritmo de casi 100 mil por año, se sumaron a la laboriosa y bulliciosa vida de esta frontera. La población aumentaba a tasas no registradas en ninguna otra parte de México en toda la historia, y Juárez se convirtió en una especie de paraíso del empleo precisamente en esa década en la que, con la entrada en vigor del Tratado de Libre Comercio de América del Norte, en 1994, en México se perdieron miles de fuentes de trabajo en el campo, que murió tal vez para siempre ante la competencia con los agricultores de Estados Unidos. Fue entonces cuando, para millones de personas en el país, la maquiladora y el narcotráfico se convirtieron en las únicas fuentes de empleo. Juárez era la capital de ambas industrias, aunque de la segunda no se hablara tan abiertamente. La maquiladora, en cambio, era percibida a nivel nacional como el gran motor que mantenía en constante crecimiento la circulación del dinero: la

industria —fabricante sobre todo de autopartes, desde torni-
llos hasta broches para los cinturones de seguridad— empleaba obreros; éstos requerían transporte, vivienda y decenas de
servicios, desde comida, escuelas y tiendas de zapatos hasta entretenimiento y medios de comunicación, por lo que no había
giro comercial que no fuera un nicho de oportunidad que pudiera explotarse. El dinero fluía y podía verse en la imparable
construcción de naves industriales, plazas comerciales y, principalmente en el suroriente, de desarrollos habitacionales con
miles de casas para los trabajadores de las fábricas. Había además miles de vehículos nuevos y viejos circulando en las calles,
y casi todos podíamos poseer uno gracias a que en Estados Unidos se desechaban por millones. Por lo demás, casi todos nos
divertíamos cada noche en decenas de bares y restaurantes lle-
nos. Aún era posible ver turistas norteamericanos.

Pero la ciudad presentaba también desde aquel entonces
claros indicios de que el capital que generaban la industrialización y el narcotráfico, pilares de la euforia productiva y comercial, no se estaba distribuyendo ni se traducía en una mejor
calidad de vida en Juárez. Al contrario. Casi medio millón de
personas vivían en un caserío construido al pie de la sierra del
poniente, entre barrancos, con calles sin pavimento y carente de
servicios básicos durante años. Al otro lado de la ciudad, en el
suroriente, otra parte de los habitantes se estaban viendo for-
zados a vivir cada vez más lejos, separados del resto de la comunidad por miles de hectáreas que se iban quedando vacías en
medio de lo construido, llenas de arena y basura y, por las noches o las madrugadas, cuando había que ir a trabajar, casi imposibles de transitar. Incluso los fraccionamientos de la pobla-

ción con mayores recursos habían sido construidos entre esos
espacios, como islas en un mar de tierra baldía y de desechos.

El mayor síntoma de que tanto empleo no estaba mejoran-
do la vida de la población no era, sin embargo, el paisaje urbano.
La ruleta rusa de la muerte violenta rondaba ya por la ciudad en
espirales cada vez mayores, como advertencia de que los desa-
justes sociales y políticos en los que se desarrollaban casi todos
los procesos de la ciudad —como los salarios de 60 dólares semanales en las trasnacionales, la corrupción de la clase política
local y la desarticulación ciudadana— estaban pagándose con
vidas humanas. Entre 1993 y 1997, más de 150 mujeres habían
aparecido asesinadas y abandonadas por diferentes rumbos. La
noticia había sido ya ampliamente difundida en los medios locales, era motivo de preocupación entre los sectores feministas
y, justo en ese 1997, empezó a llamar la atención de la opinión
pública nacional. La brutalidad con la que habían sido aniquila-
das y la forma en que sus cuerpos fueron abandonados, en la
arena, como basura, evidenciaban ya la existencia de un desprecio por la vida humana cuyas implicaciones y lecciones, como
sociedad, no alcanzamos entonces a comprender. Como tampoco entendimos de qué manera nos afectaba a todos otro fenómeno extremadamente violento que para ese 1997 también era
frecuente: el secuestro de hombres, que había ocurrido a cientos
de familias —varias de clase media—, cuyos miembros un día
simplemente llegaron a sus casas y las encontraron revueltas,
con los cajones abiertos, la ropa en el suelo y rastros de que alguien se había llevado por la fuerza al hijo, al padre, al esposo o
al hermano, a quienes jamás volverían a ver. Se trataba del "le-
vantón", en el que una persona era privada de su libertad a pun-

ta de pistola, casi en silencio y al estar en su casa o en cualquier otra parte. Se sabía que las cuentas pendientes en el negocio del narcotráfico se ajustaban de esa forma. Se sabía también que había cientos de víctimas de ambos lados de la frontera, sin contar la barbaridad que ya representaban los más de mil hombres encontrados asesinados desde 1993.

Para ese 1997, pocos ignoraban que la organización delictiva que Amado Carrillo controlaba desde hacía cuatro años se había convertido en una de las más importantes de México y que el capo disponía de una flota aérea en la que trasladaba drogas a gran escala desde Colombia, innovación por la que se le llamaba el *El Señor de los Cielos*. El apodo era conocido en Juárez, donde también se sabía que, desde años atrás, el cártel contaba con la protección de personal del Ejército, de policías de todas las corporaciones y de varios sectores políticos, y que por eso no era perseguido. Se trataba de un negocio multimillonario, y en la ciudad también era vox pópuli que una parte de ese dinero se utilizaba para financiar otros negocios, como restaurantes, hoteles, bares, salones de fiestas, hospitales, compañías inmobiliarias, gimnasios, industrias agropecuarias y varios giros más.

Pero en aquel 1997, la evidencia del costo humano no había sido suficiente para opacar el espejismo creado por la circulación del dinero. El impacto de los homicidios parecía limitarse a las familias de las víctimas, y lo poco que el resto de los ciudadanos sabíamos sobre los motivos y sobre los asesinos, debido a la casi total ausencia de justicia de parte del Estado, nos obligó a crear respuestas que, durante años, permitieron el entierro colectivo tanto de las víctimas como de la indignación y aun del miedo. Ante la falta de esclarecimiento de los crímenes o de una explicación oficial, cada quien construyó una teoría sobre lo que podría estar pasando. Los hombres "levantados", por ejemplo, eran de inmediato vinculados con las actividades del narco y enviados a la fosa común de la sospecha, a la del clásico y sedativo "en algo andarían". Los homicidios de mujeres, por su parte, eran mucho más difíciles de resolver en el imaginario colectivo, por lo que en ese caso las teorías se multiplicaron. Si bien entonces no tenía idea de quiénes podían ser los responsables, una cosa me parecía clara, y era que el aspecto físico de la ciudad era más que propicio para que alguien cometiera un crimen. Bastaba ver los espacios vacíos que abundaban para entender lo fácil que sería ser blanco de un ataque sin que alguien pudiera prestar auxilio o siquiera escuchar los gritos. Varios cadáveres de mujeres, por ejemplo, habían sido abandonados en el Lote Bravo, una gigantesca meseta de arena que se extiende desde el final de la margen del Río Bravo hasta las dunas de la parte suroriente y en la que, justo en los años 90, la parte nueva de Juárez se urbanizaba totalmente dispersa. El escenario es amenazante, sobre todo de noche. Con esas hipótesis, entonces, las mujeres morían por ser pobres y por tener que caminar entre espacios inhóspitos, y los hombres por trabajar en el narcotráfico. Por tal motivo, no todos nos sentíamos en peligro ni comprendíamos de qué forma esos crímenes pudieran relacionarse con el resto de lo que ocurría en la ciudad.

Juárez tenía muchas otras caras completamente distintas a las de la violencia que se reportaba en las noticias. Era de hecho una urbe donde la vida podía transcurrir de manera intensa y feliz pese a que, físicamente, se tratara de un lugar amorfo, sucio y feo. En los años 90, Juárez era sobre todo un lugar que para cientos de miles de personas estaba indefectiblemente asociado con la sensación de seguridad y prosperidad que sólo da el saber que se tiene un trabajo, una fuente de ingresos. Todavía entonces, la profusa oferta laboral se percibía como la solución de una gran parte de la vida, y nada parecía que podía pararla. La compensación solía encontrarse de un modo casi igualmente eufórico, sobre todo en los centros de consumo de alcohol, una pasión que entonces daba la impresión de igualar, si no a todos, sí a una gran parte de la población, sobre todo a ambos géneros. El compartido gusto por las omnipresentes opciones de esparcimiento nocturno le daba a la ciudad un aire incluso democrático. Había un ambiente para cada uno. Nada había podido detener hasta entonces ese frenesí. Había asesinatos y desapariciones forzadas, pero la vaguedad de lo que se sabía los hacía parecer como si ocurrieran en otra parte, a manos de no se sabía quién o quiénes y menos aún sus motivos. ¿Por qué o de quién habríamos de tener miedo?

En la segunda mitad de 1997, no obstante, se registró un breve pero significativo cambio en los patrones de violencia. En julio, luego de la muerte de Amado Carrillo durante una cirugía plástica en la ciudad de México, en Juárez se vivió una racha de homicidios que, por primera vez, exhibieron el músculo asesino del cártel de Juárez en público. La organización, que hasta ese momento había defendido el *statu quo* de sus millonarias operaciones casi siempre a través de la silenciosa desaparición de personas, ese verano se estrenó en los aparatosos ajustes de cuentas ante la vista de varios. El primero fue la noche del domingo 3 de agosto, en el interior del restaurante Max Fim, adonde entró un grupo armado con ametralladoras AK-47 y disparó contra Alfonso Corral Olague, un duranguense de 36 años y presunto colaborador de los Carrillo Fuentes. En el atentado murieron otros cinco: una amiga de Corral, uno de sus guardaespaldas y tres personas ajenas al grupo, entre ellas una pareja que comía en otra mesa. Era claro que había un nuevo estilo y nuevas reglas en la organización que controlaba el tráfico de drogas, y que la discreción y el cumplimiento de la condición gubernamental de no derramar sangre en las calles ya no serían estrictamente necesarios. Dos semanas más tarde se registró otra balacera pública, esta vez a plena luz del día, contra el abogado Ricardo Prado Reynal, presuntamente vinculado con la creación de empresas del cártel. Al día siguiente, cuatro médicos que trabajaban en un hospital propiedad de familiares del objetivo del Max Fim amanecieron ahorcados y dejados uno sobre otro a unos metros del Río Bravo, en una calle de terracería. Una semana después asesinaron a tres personas más cuando salían del bar Gerónimo's —contiguo al Max Fim—, entre ellas el empresario José Guzmán, hermano de una juarense que en 1995 había ganado el certamen Señorita México.

Casi todo ocurrió en la misma avenida, la Paseo Triunfo de la República, en los alrededores de la ya desaparecida Plaza de Toros Monumental. Y todos los hechos, informó después el entonces subprocurador panista Jorge López Molinar, estaban relacionados entre sí e "indiscutiblemente" eran parte de las actividades del crimen organizado.

La revisión en la finca de la calle Luna, en La Rosita, fue parte de esa serie de ajustes de cuentas de la segunda mitad de 1997. Un empresario de 32 años llamado José Sandalio Loya López, dueño del negocio en el que se habría hecho el blindaje de los vehículos encontrados, había sido también el que, al parecer, habló de más sobre la propiedad que funcionaba como centro de logística y bodega para el cártel en las cercanías del Puente Internacional Zaragoza. El hallazgo le costó la vida. El 15 de noviembre, dos semanas después de la intervención policiaca en La Rosita y mientras Loya comía en un restaurante de comida japonesa llamado Kinsui —también ubicado sobre la Paseo Triunfo de la República—, un hombre vestido de negro entró al local, se acercó a su mesa y le disparó en al menos tres ocasiones, una en el cuello y dos en la cabeza. El arma, se informó después, también había sido utilizada en el atentado contra el abogado Prado Reynal, por lo que se informó de manera oficial que se trataba del mismo grupo de sicarios. Loya López iba armado con una pistola escuadra calibre .40 que llevaba fajada a la cintura, pero no alcanzó a usarla. Apenas en septiembre de ese año había inscrito en el Registro Público de la Propiedad su negocio bajo la denominación Blindajes Nacionales de México, el cual, según se desprendió del cateo en La Rosita, hacía ese tipo de trabajos para la organización de los Carrillo Fuentes. Oficialmente, sin embargo, Loya se ostentaba como asesor del entonces diputado federal priista Miguel Lucero Palma, quien le había entregado una credencial que así lo identificaba y que le fue encontrada el día de su muerte. El joven Loya quedó sobre la silla de su mesa en el Kinsui, sangrando.

Arturo Chávez Chávez, entonces procurador del gobierno estatal panista de Francisco Barrio —y 12 años más tarde procurador general de la República junto a Felipe Calderón—, atribuyó la sucesión de crímenes de ese final de 1997 a las "facturas" pendientes entre personas de la organización que los herederos del capo —como su hermano Vicente Carrillo— estaban cobrando a balazos en las calles de la ciudad.

Los crímenes ya no abandonaron la vía pública y, con el tiempo, la ciudad entera se fue convirtiendo en un tiradero abierto de cadáveres. La zona de la La Rosita era un ejemplo. En 1998, los medios reportaron el hallazgo de dos cadáveres masculinos desnudos, amordazados, estrangulados y abandonados en el interior de la cajuela de un automóvil dejado por los homicidas en el Camino a la Rosita, cerca de la casa de Vicente León. En 2001, otro hombre fue hallado con dos balazos en la cabeza, atado de pies y manos con un alambre, y que, según el conteo periodístico, fue el ejecutado número 32 de ese año. El paisaje del lugar, como el resto del territorio de Juárez, era más que favorable: por estar baldío en su mayor parte, de noche quedaba sumido en una oscuridad casi total. El arroyo que lo atravesaba estaba también tan solitario que aun a plena luz del día podía resultar intimidante.

La propiedad de la calle Luna, a la que después los medios empezaron a referirse como el "búnker", era una de las propiedades más sospechosas. Poco después del reporte del hallazgo de los vehículos en 1997, se empezó a pensar que también en ese lugar podrían haber sido enterradas algunas de las víctimas de los "levantones" del cártel. La duda se agudizó en 1999, cuando autoridades de México guiadas por la Oficina Federal de Investigación de Estados Unidos reportaron el hallazgo de seis cuerpos inhumados de manera clandestina en un rancho llamado La Campana, ubicado en la carretera de Juárez a Casas Grandes.

El propietario de La Campana lo era también del "búnker"

de La Rosita. De nombre Jesús Ortiz Gutiérrez, fue detenido en 1999 por la entonces llamada Unidad Especializada en Delincuencia Organizada (UEDO) de la PGR y enviado bajo arraigo a la ciudad de México. Hasta entonces fue asegurada la propiedad de la calle Luna. A Ortiz lo defendió el abogado Ignacio Esqueda, quien en una entrevista con la prensa aquel año dijo estar inconforme por la detención e incomunicación tanto de Ortiz como del velador de la propiedad. Con la ayuda de Esqueda, Ortiz obtuvo en 2000 un amparo con el que recuperó las dos propiedades. Pero la hipótesis de los familiares de los "levantados", que sospechaban que en el "búnker" había restos humanos enterrados, persistió durante años. En noviembre de 2003, en conmemoración del cuarto aniversario de las excavaciones en La Campana, varios parientes de personas desaparecidas, agrupados ya en una organización local, realizaron un plantón afuera del "búnker" en demanda de que, así como se excavó en el rancho, se escarbara también bajo la plancha de concreto que cubría el patio. Los integrantes de la organización dijeron entonces a los reporteros que habían insistido ante la PGR para que interviniera en ese lugar porque ya eran muchos los rumores de que en él se habían realizado ejecuciones, torturas y entierros clandestinos. Su esperanza, dijo una mujer de nombre Lorenza Benavides, era que ahí pudieran estar los restos de los desaparecidos por el crimen organizado, que para ese 2003 eran ya unas 700 personas. Temían también que la plancha de cemento hubiera sido construida precisamente para evitar el hallazgo de los cuerpos.

Los familiares buscaban a sus seres queridos sin descanso y de manera abierta, totalmente indiferentes al estigma público.

"Yo nunca he negado que mi hermano era traficante, pero nadie tiene razón de desaparecer a nadie; queremos que nos los entreguen", dijo la paseña Patricia Garibay en una entrevista con la reportera Rosa Isela Pérez. Desde hacía cinco años, Garibay buscaba incansablemente a su hermano Jorge, cuya desaparición había sido una de las más difundidas: tenía unos 30 años y una noche de enero de 1998 celebraba junto a dos socios el traslado de una carga de cocaína a El Paso. Estaban en el Club Kentucky, uno de los bares más antiguos de la avenida Juárez, ubicado a dos cuadras del Puente Internacional Santa Fe, y hasta ahí llegó un grupo de hombres que, armados, entraron y forzaron a Garibay a salir sin que se volviera a tener rastro de su paradero. Por tratarse de un ciudadano norteamericano, el FBI empezó una investigación que, al final, condujo a la excavación en el rancho La Campana. La clave había sido un informante que narró que los cientos de personas "levantadas" por el cártel eran después torturadas —para que "cantaran" datos tales como las fuentes de suministro y el destino de la mercancía—, ejecutadas a balazos y luego enterradas en diversas propiedades por todo el territorio de Juárez, como varias fincas de las que no se tendría conocimiento sino hasta años más tarde. Patricia Garibay decía vivir en una tortura constante y que no había día sin que la familia se preguntara qué le podría haber pasado a su hermano Jorge o dónde podrían estar sus restos. Decía también que a veces se resignaba, pero que otras sentía coraje y sed de venganza… "Luego volvemos a la resignación y a la lucha por encontrarlo", dijo Garibay en la misma manifestación de 2003 en la que fue entrevistada, afuera de la propiedad de la calle Luna. Ahí también explicó que perder a un ser querido y no volver a saber si vive o muere es, con mucho, peor que saberlo muerto. Las familias se sumen entonces en un inacabable estado de angustia, agregó Garibay, perseguidas por la idea de que su hijo o hermano o padre o amigo pueda estar en ese momento siendo sometido a horribles torturas o bien bajo tierra, en total abandono. Por eso nunca se rinden y, desde las excavaciones en La Campana en 1999, los integrantes de la Asociación de Familiares y Amigos de Personas Desaparecidas en Ciudad Juárez no han dejado de acudir al exterior de cuanta vivienda se presume sospechosa de albergar cuerpos enterrados.

El "búnker" de La Rosita fue cateado por última vez en febrero de 2004, una etapa clave en la historia del cártel de Juárez. El 23 de enero de ese año, una vez más con información de Estados Unidos, la PGR encontró un cuerpo bajo tierra en el patio de una vivienda ubicada en el fraccionamiento Las Acequias, a un costado de la avenida Tecnológico y donde, en unos cuantos días, se descubrirían otros 11 cadáveres. Días antes, un integrante de la organización, de nombre Humberto Santillán Tabares, había sido detenido en El Paso luego de una investigación contra los Carrillo que incluyó a un testigo protegido por el gobierno norteamericano y que condujo a la excavación en el patio de la casa número 3633 de la calle Parsioneros.

La vivienda, de dos plantas y menos de 150 metros cuadrados, estaba habitada por lo que aparentaba ser una familia normal de madre, padre e hijo, la cual incluso en una ocasión invitó a los vecinos a una fiesta en el patio. En la cuadra de apretujadas casas, sin embargo, se sospechaba que algo ocurría en el domicilio del 3633 porque, en ocasiones, de acuerdo con uno de los vecinos, se escuchaban ruidos extraños e incluso "un balazo". No estaban equivocados. La vivienda había sido rentada a un particular ajeno a los hechos y, en el último año, se había convertido en escenario de al menos 12 homicidios y del entierro de las víctimas. Todo en el mismo patio donde la madre, Érika Mayorga, había organizado la fiesta de cumpleaños. El jefe de la familia era Alejandro García, quien trabajaba bajo la dirección de Santillán Tabares y sólo requería de una casa de campaña en el patio para ocultarse mientras realizaba los entierros clandestinos. Cuando empezaron las excavaciones, en enero de 2004, había unos restos sobre otros, lo cual indicaba que habían sido asesinados casi al mismo tiempo. García fue detenido junto con su esposa y su hijo por las autoridades antidrogas de México.

La casa de Las Acequias se convirtió así en el mayor cementerio clandestino encontrado hasta entonces en la ciudad sede del cártel de los Carrillo Fuentes. Tres cuerpos fueron desenterrados el 24 de enero de 2004; uno más el 25 y los otros siete el día 26. Estaban totalmente desfigurados, con señales de tortura y cubiertos con cal, como si los homicidas se hubieran preocupado por evitar la expansión de los olores fétidos. Las autoridades calcularon que algunas de las víctimas, de hecho, habían sido asesinadas hacía pocos días. Dos de ellas, además, eran ciudadanos estadounidenses. El Departamento de Inmigración y Aduanas de Estados Unidos (ICE) tenía meses monitoreando cada uno de los movimientos y homicidios de Santillán en Juárez a través del infiltrado, pero no hizo algo por impedirlos.

En Juárez, la Policía Judicial del estado, encargada por ley de investigar los secuestros y asesinatos, también conocía la existencia del cementerio clandestino en Las Acequias desde que ha-

bían empezado las ejecuciones, pero no sólo no iba a impedir-
las. Una de las revelaciones más importantes que hicieron tanto
García como Santillán Tabares sobre lo ocurrido en el patio de
la casa de Parsioneros no fue confirmar que el cártel de los Carrillo secuestraba, asesinaba y enterraba personas impunemente
en Juárez. Lo más importante fue probar que en la célula criminal trabajaban elementos de la Policía Judicial del estado y que,
de hecho, eran ellos los responsables de los "levantones" y de los
homicidios. La información sustentaba la antigua convicción
popular de que las policías que patrullaban Ciudad Juárez, famosas ya a nivel internacional por su ineficacia para resolver los
miles de crímenes, trabajaban en realidad para el narcotráfico y
no sólo como protectoras, sino como plagiarias y asesinas. Para
ese 2004, los oficiales al servicio del cártel se conocían ya como
La Línea y, según un informante, desde entonces estaban al
mando de un sinaloense llamado Luis Pablo Ríos y apodado *JL*,
quien había llegado a Juárez como pistolero a principios de siglo
y que, para entonces, era ya uno de los principales lugartenien-
tes de los Carrillo y el posible autor intelectual de los crímenes
de Las Acequias. El de ese enero de 2004 fue uno de los primeros golpes importantes para la poderosa organización. Parte de la
red policiaca de protección se mermó con las órdenes de arresto que llegaron del gobierno federal panista una semana después
de las exhumaciones, cuando 13 elementos que trabajaban en el
turno de noche de la Judicial del estado fueron detenidos por la
PGR y enviados bajo arraigo a la ciudad de México. El comandante del grupo, de nombre Miguel Ángel Loya Gallegos, escapó y jamás volvió a ser visto en Juárez. Su fotografía apareció
junto con la noticia de su huida en la portada de *El Diario de*

Juárez el 29 de enero de 2004: alto y regordete, el jefe policiaco sonreía en la escena de un crimen a la que había acudido fuera de su horario. Miraba burlón a una víctima de cuyo homicidio después sería el principal sospechoso.

Una fotografía de la propiedad de la calle Luna 747 apareció también en esa edición de *El Diario* junto a la imagen de Loya Gallegos, como parte de un gráfico que advertía que, después de los hallazgos en Las Acequias, había más propiedades en la mira de la PGR. Fue entonces cuando, en febrero, se revisó de nuevo y por última vez el interior de la propiedad de La Rosita, pero sin resultados. La enorme plancha de cemento que cubre el patio y que tantas aprehensiones ha provocado entre los familiares de los "levantados" sigue a la fecha alrededor del kiosco.

3

El plan perfecto

LOS CLAXONAZOS provenientes del Camino a la Rosita lo despertaron alrededor de las 10 de la mañana de ese viernes 21 de mayo. La luz del sol se reflejaba de lleno contra los muros grises de la casa número 5824.

Vicente se levantó de la cama de sus padres, se dirigió a su recámara y se vistió con una bermuda beige tipo cargo y una playera negra. El pequeño C.E. dormía aún en el colchón, en cuyo reverso la sangre ya se había oscurecido. Todo había salido perfecto. Ahí estaban afuera otra vez Eduardo y Uziel, que le pitaban desde la Cherokee para que saliera y les diera una tarjeta telefónica con la cual llamarían a su familia materna para pedir el rescate, como habían quedado. Seguían convencidos de que era su deber ayudarlo.

Vicente les resultaba un amigo complejo. Sabían que era déspota, burlón y muy grosero, pero por otro lado era bromista y estaba siempre dispuesto al relajo. Les contagiaba su desenfado ante las reglas, que en él era evidente desde la camisa del uniforme que usaba desfajada hasta el frecuente abandono de las clases, incluido el consumo de alcohol y de drogas.

Ninguno de los dos pudo explicar después, sin embargo, cómo fue que los convenció de cometer uno de los crímenes más horrendos en la historia de una de las ciudades más violentas del mundo.

Vicente sí lo sabía. Había notado que, por alguna razón, sus amigos trataban de agradarlo sin que él hiciera un solo esfuerzo. Se lo atribuía a su inteligencia, que consideraba superior, aunque no tuviera mejores calificaciones que ellos. Lo mismo había notado uno de los orientadores de la escuela, quien, después de un examen, encontró que el coeficiente intelectual de Vicente era de los más altos de la clase pese a que su promedio no pasara de siete. No obstante, lo que más había llamado la atención del psicólogo eran las respuestas que dio el estudiante en un cuestionario sobre valores personales, cuando le preguntaron qué salvaría en caso de un incendio en su casa y contestó que sus discos compactos y el reproductor de los mismos. La mayoría de los alumnos, en cambio, respondió que rescataría a los miembros de su familia. Al mismo orientador le intrigó también que Vicente respondiera "Yo sólo sé que no sé nada" a la pregunta sobre qué cambiaría de su vida, frase que acompañó con el dibujo de un libro abierto y, en las páginas, un par de signos de interrogación.

A Vicente le gustaba más la lectura, y la comprensión de contenidos era una de las pocas actividades escolares en las que destacaba, como demostró al contestar un examen abierto sobre un texto titulado "La pedantería", del que logró identificar elementos como el método "argumentativo" en el que estaba escrito y la técnica de "narración en tercera persona" a través de una voz "omnisciente e indirecta". La lectura, analizada pocos meses antes del crimen —y tomada del libro *El perfil del hombre y la cultura en México*, de Samuel Ramos—, explica que la pedantería es una actitud surgida en personas cuyas capacidades son tan inferiores a sus ambiciones, que deciden aparentar superioridad a fin de ocultar el conflicto interno. El texto añade que los pedantes son "rabiosos individualistas, incapaces de comprender los valores ajenos y renuentes a todo esfuerzo de cooperación". Al requerir el cuestionario una opinión sobre tal comportamiento y quienes lo asumen, Vicente respondió que respetaba a esas personas porque la pedantería "es un estilo de vida para algunas" y porque "algunas sí saben de lo que están hablando".

Hablaba por él, evidentemente. Él se sentía de ese tipo. Aquella mañana del 21 de mayo, estaba convencido de que sabía lo que hacía, de que había cometido un crimen perfecto, de que al estar los cuerpos calcinados nadie sospecharía jamás que él había sido el asesino. Todo sería cuestión de reportar a sus padres desaparecidos. ¿Cuántos casos no había ya en Juárez y nadie los investigaba? ¿Quién, además, iba a dudar de un adolescente hijo de una familia en la que había madre y padre —circunstancia por demás inusual en Juárez— y que incluso asistía a la escuela? Porque de él se podría pensar que era vago e indisciplinado, pero nunca un criminal de importancia. Para la mayoría de sus compañeros y familiares, Vicente era un chico silencioso, "normal" y discreto. Imposible detectar la crueldad de sus intenciones. En las características de su entorno inmediato, además, no había tampoco síntomas de peligro. Era un menor de edad en el Juárez de principios del siglo XXI, cuando las escuelas de nivel medio empezaron a ser insuficientes y la mitad de la población de entre 15 y 18 años, decenas de miles, se quedó sin estudiar, de manera que él, inscrito en bachillerato, era incluso afortunado. Vivía además en una amplia propiedad que su abuelo materno le había legado a su madre Alma Delia cuando ésta se casó con Vicente León Negrete, entonces un joven de 24 años nacido en San Cristóbal, Guanajuato, y a la postre dueño de un taller de carrocería y pintura de vehículos importados de Estados Unidos que reparaba en el amplio espacio de su casa en La Rosita.

Vicente era también de los pocos adolescentes que habían crecido con su madre en casa. Alma Delia, oriunda de Juárez de tercera generación —otra situación inusual en una ciudad de inmigrantes—, dejó sin ejercer su título de licenciada en Administración de Empresas por la Universidad Autónoma de Ciudad Juárez para dedicarse a su rol de madre, lo cual situaba a Vicente en otra posición de ventaja. De su generación son los miles de niños juarenses que empezaron a crecer prácticamente solos en los 90 debido a que sus madres —muchas veces solteras— tenían que trabajar en las maquiladoras o en otros giros y no había guarderías suficientes, por lo que muchos terminaron adquiriendo su visión del mundo a través de extraños o en las calles, ya desde entonces llenas de actividades ilícitas.

La familia León Chávez, en cambio, era "normal" y, al mismo tiempo, privilegiada, porque estaba completa, porque no vivía hacinada y porque tenía a los hijos en la escuela. Y Vicente, como me dijo la abuela en una muy breve entrevista, aparentaba también ser un adolescente "normal", que estudiaba. ¿Qué problema podría crear, si estaba en la preparatoria?

El perfil criminal de Vicente, con todo, no se gestó precisamente en sus carencias afectivas o en su núcleo inmediato. Los criminólogos determinarían semanas después que el detonante de su delito se encontraba en un ámbito más amplio que el de la casa, como la escuela o la ciudad misma, y que lo había conducido a la certeza de que la violencia era un medio que se podía imponer para lograr casi cualquier propósito y, sobre todo, que quienes recurrían a ella no sufrían una sola consecuencia.

Así, decidió que podía cometer el crimen y fácilmente hacerlo pasar por un ajuste de cuentas una tarde de finales de abril de 2004, apenas unas semanas atrás, cuando vio a un grupo de hombres llegar con armas a su casa y discutir con su padre, en cuyo negocio de carrocería era común recibir presiones de personas que pedían generar compartimentos en los vehículos —los llamados "clavos"— para esconder droga y después cruzarla a Estados Unidos. Luego de unos gritos, los hombres armados se llevaron unos automóviles del taller y se fueron. Era obvio, pensó Vicente, que se trataba de unos "narcos". Fue en ese momento cuando, además del odio que sentía por su familia, comprendió lo más importante para cometer el crimen: que podría hacerlo. Si él los mataba, todos iban a pensar que habían sido los "narcos". ¿Quién iba a tomarse la molestia de investigarlo?

Entonces le contó el plan a Eduardo, una tarde a principios de mayo durante un receso entre las clases en el Bachilleres, mientras conversaban en una de las bancas cercanas a las canchas deportivas.

—Tengo una idea para ganar mucho dinero… —le dijo Vicente repentinamente, mirándolo de reojo y pausando la voz.

—¿Qué? ¿Vas a pasar un carro con droga o algo así? —preguntó Eduardo.

—No.

—¿Entonces?

—A lo mejor piensas que estoy loco…

—Ya dime, ¿qué plan tienes?

—Voy a secuestrar a un familiar…

—¿A quién?

—¿A quién crees?

—A un primo…

—No. A mis papás.

A Eduardo le causó risa la respuesta. Vicente también sonrió ligeramente al ver la reacción de su amigo.

—Estás bien loco —le dijo Eduardo.

—Vámonos a otro lado.

Los dos se dirigieron a una banca más alejada del resto de los alumnos. De lejos no eran más que un par de estudiantes platicando en un receso. Imposible adivinar la gravedad de lo que estaban discutiendo.

—Tengo pensado, si se puede, matar a mis papás. Pero necesito que alguien me ayude para pedir el rescate —le dijo Vicente, con una media sonrisa ante la expresión de incredulidad de Eduardo, quien en todo momento, aseguró más tarde, le respondió como si se tratara de una broma.

La conversación quedó para después al sonar el timbre que los hizo volver a clases. No tocaron el tema durante unos días, pero en las siguientes dos semanas hablarían de eso casi a diario luego de que Vicente le pidiera ayuda para comprar una pistola y juntos empezaran a recorrer calles buscándola, sin éxito.

Vicente consiguió el arma finalmente en la preparatoria, con un alumno con el que también había coincidido en la primaria pero a quien apenas conocía. No recordaba siquiera sus apellidos. Algo en él, sin embargo, le indicaba que podría tener una pistola en casa; quizá era la actitud envalentonada con la que se conducía, o la forma bravucona en la que hablaba de su familia, del poder de su padre o de "su abogado". Se llamaba Alejandro R.A. y tenía entonces 17 años. Vicente lo abordó la tarde del miércoles 19 de mayo durante un receso, y le preguntó si tenía una pistola porque quería balacear a unos "chavalos" de la avenida Jilotepec que se habían peleado con uno de sus primos, motivo por el que su padre había sufrido un infarto. También le dio a entender que él, Alex, era su última esperanza y que ya había buscado en vano preguntando entre los maleantes de la colonia Melchor Ocampo.

Alejandro aceptó conseguirle el arma y lo citó para el día siguiente, la mañana del jueves 20, cuando Vicente lo vio entrar y salir en pocos minutos de su casa en otro de los fraccionamientos de la zona. Alex regresó con la calibre .38 fajada en la ancha cintura de su pantalón, oculta bajo la camisa. Se la entregó a plena luz del día, en la calle, y le dijo que se la rentaría en mil pesos. Vicente le dio el dinero que había juntado desde días antes con Eduardo, regresó a su casa, guardó el arma en su recámara y se fue a la escuela.

En cuanto vio a Eduardo, le dijo que quería hablar con él porque ya tenía todo listo. Las clases terminaron temprano ese jueves, alrededor de las seis, y ambos se fueron a La Rosita en un Intrepid color guinda de la madre de Eduardo. Vicente entró un momento a su recámara y salió con la pistola fajada sin que alguien en su casa notara sus movimientos. De ahí, los dos se dirigieron a la colonia Satélite a recoger a Uziel, quien después sostendría que fue sólo entonces cuando se enteró del plan de Vicente. Eduardo, sin embargo, dijo haber creído que su otro amigo estaba enterado desde días antes. En lo que sí coincidieron durante las entrevistas posteriores fue en que Vicente hacía mucho énfasis en que el crimen debía cometerse con arma de fuego para que pareciera un ajuste de cuentas más del crimen organizado.

—Les voy a disparar cuando se duerman —les dijo Vicente mientras iban los tres en el Intrepid que conducía Eduardo; él en el asiento del copiloto y Uziel en el de atrás.

—Ustedes lo único que van a hacer es ayudarme a sacarlos de la casa y a subirlos a un carro para tirarlos. Yo manejo otro carro con los cuerpos y ustedes me siguen. Luego alguien le habla a mi abuela y le dice que tienen a mis papás y a mi hermana secuestrados, y pide 200 mil dólares. Eso es lo que cubre el seguro.

Vicente hablaba con naturalidad de lo que tenía en mente, como si les estuviera repartiendo una tarea de la escuela que tenían que hacer en equipo y como si él hubiera sido nombrado jefe. La rápida secuencia que planteaba, como si matar no le fuera a costar ningún trabajo, hacía parecer la propuesta como algo sumamente fácil y ventajoso. Doscientos mil dólares eran más de 700 mil pesos para cada uno. Todos podrían comprarse finalmente un vehículo propio.

Uziel y Eduardo no dijeron palabra por algunos segundos. Dudosos y al mismo tiempo intrigados por la extravagante propuesta, sólo se vieron a los ojos. Estaban entre indecisos y temerosos, pero Vicente ya esperaba ese silencio y se jugó entonces la carta definitiva de su estrategia de convencimiento.

—Va a quedar como si los hubieran matado los narcos... Mi papá tiene muchos enemigos. Nunca van a sospechar de mí...

En eso estaban de acuerdo los tres. Habían pasado apenas cuatro meses desde del hallazgo de cuerpos en Las Acequias, y ese destape de la descomposición policiaca había sido uno de los más escandalosos en la historia de Ciudad Juárez. La difusión de los homicidios de mujeres era también ya de dimensiones mundiales, y en el ambiente dominaba la convicción de que tan ciertas como la violencia eran la corrupción y la incapacidad del Estado para imponer algún castigo a los asesinos. Mientras las policías trabajaban al servicio del cártel, secuestrando y asesinando personas, las estadísticas mostraban su casi total ineficacia a la hora de procurar justicia: más de 34 mil delitos denunciados y sólo un 13 por ciento de probabilidades de que se encontrara a un posible responsable. Así, por cada víctima cuyo caso avanzaba había una mayoría sufriendo el crimen adicional que representa la impunidad, sin contar la gran cantidad de personas detenidas sin pruebas.

Pero la mayor evidencia del estado de barbarie era cada homicidio, la casi natural perpetuación en la ciudad de un exterminio tan atroz como frecuente y que, desde 1993, había costado la vida de más de dos mil 500 personas. Tan sólo en ésa, la tercera semana de mayo de 2004, habían asesinado a nueve; cuatro de ellas al estilo del narco. El martes 18, un hombre había sido acribillado con más de 40 impactos de ametralladora AK-47, o cuerno de chivo, en el estacionamiento de una tienda Del Río ubicada frente al Galgódromo de Juárez. Un par de horas después, un grupo de pistoleros intentó matar a un presunto contacto entre el cártel de Juárez y el de Medellín —de nombre Raúl

Ortega Saucedo, quien murió días después—, pero en el intercambio de balazos sobre la avenida Abraham Lincoln, frente a la PGR, mataron a una madre de familia de 36 años y a un empleado de un restaurante de la zona. El miércoles siguiente se registró un homicidio en una colonia del poniente, en un aparente pleito entre pandillas. Más tarde se encontró a una mujer estrangulada en el límite de un dique de aquel mismo sector; luego acribillaron a un bolero… todos eran crímenes que se estaban quedando impunes.

—Nadie va a investigar nunca —concluyó Vicente ante Eduardo y Uziel mientras recorrían en el Intrepid las polvorientas calles de La Rosita.

El argumento tuvo efecto. Los tres podrían haber crecido en familias con diferentes grados de integración y tener valores personales distintos sobre conceptos como responsabilidad o vida humana, pero si algo compartían era la certeza de que lo que había dicho Vicente era completamente cierto. En México, y en particular en Juárez, se podía cometer cualquier ilícito sin que ocurriera absolutamente nada.

—Pues si nomás te vamos a ayudar a echarlos en el carro y a tirarlos, bueno —dijo finalmente Uziel.

—Además, no son nuestros papás —agregó Eduardo.

Lejos de inquietarlos, la idea de tirar unos cuerpos humanos se les antojaba tan sencilla que ambos parecieron olvidarse del tema durante los minutos siguientes. Uziel empezó a dormitar en la parte trasera del Intrepid mientras Eduardo conducía a casa de una adolescente que le gustaba y que era en realidad quien ocupaba la mayor parte de sus pensamientos. Alrededor de las ocho y media de la noche, los tres llegaron al exterior de la casa de S., una chica de 18 años que era tía de la amiga de Eduardo y quien, al asomarse por la ventana del auto a saludarlos, vio a Vicente sentado en el lugar del copiloto con la pistola negra en las manos, intentando ponerle una bala.

—¿Qué chingados ves? —le preguntó Vicente de manera brusca.

—¿Para qué quieres esa pistola? —reviró la joven, intrigada.

—Mañana te vas a enterar —le respondió el adolescente.

A su estatura, que rebasaría ya los 1.80 metros, a su esbeltez y a sus facciones finas, Vicente agregaba movimientos de las manos que parecían estudiados y que acompañaba con el tono de su pretendida inteligencia superior. Así le había respondido a S., así le hablaba a la mayoría de las mujeres y así se dirigía a Uziel y a Eduardo con regularidad.

La actitud le había dado resultado. Sus amigos habían asesinado a sus padres bajo sus órdenes la madrugada del viernes 21 y, por la mañana, ahí estaban de nueva cuenta, pitándole desde la Cherokee afuera de su casa para completar el plan.

Al salir aprisa y medio adormilado por la puerta del patio, Vicente apenas si notó a uno de los empleados de su padre que había llegado desde las siete de la mañana y se encontraba lijando uno de los vehículos.

—¿Dónde está su papá, *Güero*? —le preguntó el trabajador.

—No sé.

Vicente respondió con indiferencia en su acelerado paso al Camino a la Rosita, donde Uziel y Eduardo lo esperaban en la camioneta que se habían llevado unas horas antes. Ahí trataron de ponerse de acuerdo en lo que harían hasta que decidieron entrar en la casa, donde Vicente tenía ya lista una tarjeta telefónica y el número de su abuela escrito en una hoja de cuaderno para hacer la llamada. Eduardo y Uziel le dijeron que luego se irían a nadar a Las Anitas.

—¿No vas a ir? —le preguntó Uziel a Vicente.

—Les caigo si puedo.

—Antes pasamos a ver si todavía está la Explorer —agregó el primero.

Vicente asintió y se quedó en casa. Se dirigió a la recámara de sus padres y abrió las cortinas para que entrara la luz por la ventana. Sobre la cama seguía el único ser que consideraba digno de su afecto. Le puso enfrente un abanico eléctrico de pedestal y aspas de plástico para mitigar el calor de ese casi mediodía. Se sentó junto a él y lo observó. Se sintió en paz por primera vez en muchos años. No tenía aprehensiones ni miedo alguno. Sólo le importaba ser por fin libre, sin alguien que se interpusiera en su búsqueda de satisfacciones rápidas. No soportaba que alguien tratara de imponerle barreras a sus decisiones ni a sus deseos. No creía en ninguna autoridad ni en ninguna ley, ni creía que alguien tuviera la calidad moral o la intención real de aplicarlas. Sus impulsos serían a partir de ahora su única regla.

Uziel y Eduardo volvieron a casa de Vicente inesperadamente, unos 20 minutos después. Habían ido a revisar el Camino a Zaragoza y encontrado sólo los restos de los cordones amarillos de la policía, sin la camioneta. Los agentes de la entonces llamada Judicial del estado habían llegado desde las seis con 20 minutos al lugar del incendio, cuando encontraron la Explorer completamente quemada, sin vidrios y con los tres cuerpos irreconocibles en la parte trasera. Antes de las 10 de la mañana ya habían terminado de levantar las evidencias, por lo que no coincidieron con el par de homicidas que habían vuelto a la escena final de su delito. Uziel y Eduardo no se alertaron al ver que no estaba la Explorer, pero prefirieron tratar de averiguar qué pasaba y se les ocurrió comprar el periódico, una edición de *El Diario de Juárez* con la que regresaron a la casa de La Rosita.

—La prensa todavía no se entera. Todavía podemos cobrar el dinero —les dijo Vicente al revisar rápidamente el ejemplar—. De aquí a que identifiquen los cuerpos…

La portada de *El Diario* que compraron esa mañana no podía reflejar de mejor manera el ambiente de violencia e impunidad que prevalecía en la ciudad y que el encabezado principal resumía en cuatro palabras: "Sin esclarecer, 23 ejecuciones". El texto indicaba que las víctimas habían sido asesinadas en 16 hechos distintos en lo que iba de 2004 y que éstos tenían en común indicios de estar relacionados entre sí y con el crimen organizado. El cuarto párrafo de la nota aclaraba que la estadística no incluía los 12 cadáveres descubiertos en el patio de la casa de Las Acequias, mientras que la fotografía principal ilustraba el funeral de Irma Muller, la madre de familia acribillada en el atentado de la Lincoln, frente a la PGR. La imagen de una habitación con personas orando y al fondo un féretro cubierto con flores, bajo un crucifijo, parece ahora el presagio del temor generalizado que se instalaría en una comunidad que años después quedó totalmente expuesta al cruce de balas. La racha de ajustes posterior al hallazgo de Las Acequias, aún más aparatosa que la de finales de 1997, no había penetrado tanto en la conciencia colectiva sino hasta ese martes 18, cuando alcanzó a Muller, madre de tres hijas, cuyo único error había sido hacer un alto frente al semáforo del cruce entre las avenidas Hermanos Escobar y Lincoln. Fueron su lugar y su hora equivocados. El hecho causó tal impacto que los compañeros de clase de las tres huérfanas salieron a la calle dos días después a exigir paz y un castigo para los homicidas. Una crónica de la manifestación citó al esposo de Muller, tan preciso en su diagnóstico como desoído en su reclamo. "Apenas terminamos una cosa y comenzamos otra vez. A ver si por medio de esto hay una presión para las autoridades, para que de una buena vez atrapen a los criminales", dijo el viudo.

No los capturarían, pero no porque las autoridades no supieran investigar. De hecho, entre agentes del Ministerio Público de Juárez se decía desde entonces que no hay un solo crimen perfecto. Y pese a que miles de homicidios han quedado sin resolver, no ha sido pericia en la investigación lo que ha hecho falta. Ese mismo 2004 quedaría demostrado que, cuando los policías del estado no protegían o no eran los autores de los crímenes, los agentes del Ministerio Público sí podían dar con los autores de un asesinato y, sobre todo, aprehenderlos. Todos dejan pistas, sabían. La diferencia entre la impunidad y la justicia consiste básicamente en seguirlas, y lo antes posible, así las víctimas estén totalmente calcinadas.

Pero los adolescentes estaban convencidos de que los policías encontrarían los tres cuerpos en la camioneta y, sin más, como parecía que hacían con los miles de homicidios que se registraban en la ciudad, dejarían el caso sin resolver. De eso Vicente estaba más que convencido. Todo sería cuestión de seguir actuando de manera normal y avisar al resto de su familia sobre la desaparición de sus padres.

—Márcale a mi abuela ya, pero de un teléfono público —le dijo a Uziel al terminar de revisar el periódico.

Cuando se quedó solo de nuevo, Vicente despertó a su hermano, le puso unos huaraches, tomó 300 pesos que había sobre la mesa, subió al niño al Honda que le habían comprado a Laura y salió con él a la calle en dirección a la casa de sus abuelos maternos, quienes vivían a unos metros del Puente Internacional Zaragoza, en la colonia Moreno. Al llegar a la espaciosa vivienda, los encontró desayunando en la cocina con algunos de sus tíos. El pequeño C.E. chupaba una paleta que su hermano mayor le había comprado en el camino.

—Mis papás se fueron anoche al cine y no han vuelto —empezó a narrar Vicente—. Eran como las 11 de la noche cuando se fueron. Se llevaron también a Laura, pero C.E. se quedó conmigo porque estaba dormido. Yo me quedé despierto como hasta las tres con unos amigos, pero mis papás no volvieron, o no sé si se fueron hoy temprano… Yo iba a ir con mis amigos a un día de campo, pero no fui porque no han llegado —agregó.

Vicente llevaba consigo el celular de su padre, que timbró en ese momento. Uno de sus tíos se paró de la mesa entre preocupado y escéptico y se lo pidió para tomar él la llamada.

—Tenemos secuestrados a Vicente León y a Alma Delia Chávez. Queremos 200 mil dólares —escuchó el tío decir a Uziel desde el otro lado de la línea.

El matrimonio de la familia Chávez Márquez estaba conformado por dos oriundos de Juárez que vivían del trabajo que él tenía como transportista de materiales entre los agricultores de esa zona del Valle Bajo del Río Bravo. Alma Delia fue la menor de siete hijos, y era también la más querida. Fue por eso que su padre le había regalado la propiedad en la que vivía con su marido en La Rosita. Al que casi no conocían era a su nieto

Vicente, pese a que lo veían cada semana cuando iban a comer en familia.

Ese viernes, empero, algo en el relato del chico les pareció sospechoso desde un principio. ¿Cómo que sus padres se habían ido al cine a las 11 de la noche, si a esa hora no hay funciones? Pese a la incongruencia, que compartieron entre ellos sólo una vez que se fue Vicente, decidieron convocar a toda la familia y avisar que Alma Delia y Laura Ivette estaban desaparecidas. Vicente les dijo también que su padre tenía un amigo que podría ayudarlos porque conocía agentes de la Judicial del estado y, con el pretexto de contactarlo, salió de la casa para buscar a Eduardo y a Uziel para que insistieran en el cobro del rescate.

De la colonia Moreno a Las Anitas hay sólo unos cuantos metros. El elemento dominante en cualquier trayecto es el Puente Internacional Zaragoza y luego el bordo del río, junto al que se encuentra el balneario en el que Vicente esperaba encontrar a sus cómplices. No habían llegado. Vicente los halló por fin en casa de Uziel, en Satélite, donde los dos conversaban a un lado de la Cherokee, que todavía estaban usando.

—Ya toda mi familia está enterada; le hablaron a la policía —les dijo Vicente cuando se les acercó, al bajarse del Honda—. Ya nada más vuélveles a llamar para decirles que ya los van a matar por haberle hablado a la policía —le dijo a Uziel.

Uziel declararía después al Ministerio Público haber seguido aún con esa última instrucción, sin imaginar cómo le pagaría el que consideraba su mejor amigo. A eso de las seis de la tarde, cuando él y Eduardo ya nadaban en una alberca de Las Anitas, algunos compañeros se les acercaron para preguntarles qué le pasaba a Vicente.

—¿Por qué? —les respondió Eduardo, todavía entre el agua.

—Porque viene rodeado de muchos señores —les dijo el otro estudiante.

Ni Eduardo ni Uziel vieron cuando llegó Vicente, y ni aun en ese momento se alertaron. Eduardo sólo decidió tomar precauciones y le dijo a Uziel que mejor se fueran caminando a su casa. Antes, todavía se preocupó por regresarle a su mejor amigo lo último que guardaba de él.

—Dale estas llaves a Vicente, por favor —le pidió a una amiga mientras se vestía con una playera y la bermuda.

—Vámonos caminando —le dijo a Uziel.

De Las Anitas a Quintas del Valle, donde vivía Eduardo, se hacen unos 20 o 30 minutos tomando atajos, como el Camino a Zaragoza. Para ese momento ya los estaban buscando, pero nada de lo que los dos amigos hicieron en las tres horas siguientes sugiere que hayan tocado el tema de lo que habían hecho esa madrugada o que hayan considerado la posibilidad de ser detenidos. La idea del crimen había sido por completo de Vicente; ellos sólo accedieron a tirar los cuerpos. Que lo agarraran a él, pensaban. Lo que les interesaba realmente era la fiesta que tendrían en la noche y las chicas, así que, al llegar a su casa, Eduardo se cambió de ropa, tomó el Intrepid, llevó a Uziel a la suya y ahí lo esperó unos 20 minutos a que él también se vistiera. En ese momento pensó en marcarle a Vicente, pero fue él quien recibió primero la llamada.

—¿Qué onda? ¿Te agarraron o qué? —le preguntó Eduardo apenas contestó.

—No. Pásame a Uziel —le ordenó Vicente.

—¿Te agarraron? —insistió también Uziel a través del teléfono, sin escuchar respuesta.

—¿Te agarraron? —repitió Uziel.

—Sí —respondió finalmente Vicente.

—¿Y ahora nos quieres dar torzón a nosotros?

—Sí.

Ni aun con esa información Uziel y Eduardo tuvieron una mínima idea de lo que sería un castigo por haber acabado con tres vidas humanas. Al declarar sobre la secuencia de lo que hicieron la madrugada del viernes, Eduardo recordó de manera espontánea ante la policía que Vicente les había dicho que nunca iban a sospechar de ellos y que él pensaba quedarse con todas las propiedades. Con la certeza de que no sería detenido, incluso después de haber hablado con Vicente, la atención de Eduardo siguió puesta en la chica que le gustaba, por quien todavía pasó en el Intrepid y a quien, junto con Uziel, llevó a comer hamburguesas en un puesto callejero. De ahí pasaron por S. y más tarde, a eso de las ocho y media de la noche, el grupo se dirigió a la fiesta.

Las muestras de amor, reconocimiento y apoyo que Eduardo había recibido de su familia en toda su vida dieron pie en ese momento, tal vez al calor de alguna bebida, a la primera sensación parecida a un remordimiento, por lo que, aunque a medias y con una historia falsa, compartió su inquietud con S. cuando él y Uziel iban a llevarla a su casa.

—Unos cholos balacearon a un amigo, y luego nosotros le disparamos a uno de ellos. No sabemos si está vivo o muerto —le dijo Eduardo a la chica, a quien no alcanzó a terminar de narrarle su cuento porque, al llegar a la casa, un grupo de agentes de la Policía Judicial del estado ya los estaba esperando.

La investigación había sido relativamente sencilla. El ovillo se empezó a desenredar después de las siete de la mañana, cuando elementos de la Unidad Especializada en la Investigación de Homicidios, encabezados por el agente del Ministerio Público Jesús Torres Macías, acudieron a recolectar evidencia en la escena del crimen. Para ese 2004, la presión internacional por las fallas forenses en las investigaciones de los homicidios de mujeres había logrado que al menos esa etapa de la práctica ministerial registrara ciertos avances, por lo que el levantamiento de los restos de la familia León Chávez quedó reportado con detalle, desde la forma y la posición en la que fue encontrada cada víctima hasta los restos de tela y demás pertenencias que se lograron recuperar. A uno de los cuerpos femeninos, escribió el agente Torres, le había quedado enterrada en el vientre una hoja de cuchillo de 15 centímetros de largo por dos de ancho. Otro cuerpo, el masculino, tenía la extremidad cefálica completamente destruida por la acción del fuego, así como las piernas y los brazos. Al segundo cadáver femenino, que era el de la pequeña Laura, también le había estallado la cabeza por las llamas. En la camioneta, además, había restos de lo que parecía ser una sábana color claro a rayas. Ahí estaba también una cartera negra extraordinariamente a salvo del fuego y, dentro, una identificación, a la postre la pista más importante de esas primeras horas: "Vicente León Negrete. Camino a la Rosita 5824".

Torres, quien encabezó la unidad de investigación de homicidios en Juárez hasta 2005, acudió a la propiedad a las dos de la tarde con otros dos elementos de su equipo. Entraron por el patio, donde a la luz del día lo primero que notaron fueron los vehículos estacionados bajo el techo metálico del taller. Torres apuntó también que sobre parte del piso de concreto había un goteo de manchas color oscuro que procedían de la puerta de la casa. Había además huellas de rodadas de llantas impresas en una parte del terreno que estaba cubierta de lodo. Luego vieron el trapeador de hilo todavía húmedo, recargado en una de las ventanas. Al entrar en la casa notaron en el piso los mismos rastros pardos de la sangre adelgazada con agua. En una de las cómodas de la cocina vieron un cuchillero con tres espacios vacíos. Había también sangre en la base de la llave derecha del fregador y en el trastero. En la primera recámara visible desde el pasillo, la de Vicente, había además dos pantalones grises, uno marca Dickies y el otro Dockers, que eran de los uniformes de Eduardo y Uziel. También de eso tomaron nota, al igual que de las manchas de sangre en la pared del pasillo y en la perilla de la puerta de la habitación del hijo… El reporte fue tan detallado que, en alrededor de una hora, el agente Torres describió incluso las impresiones de las huellas de zapatos que había en el piso de la recámara principal y que debían ser, dijo, de tenis, ya que tenían líneas y círculos. Torres reportó también el hallazgo de un trozo negro de plástico, al parecer el mango de un cuchillo, y rastros de sangre en la base del colchón, en el buró y en el respaldo de la cama. Las gotas incluso habían salpicado la pared y el piso de la recámara principal. El abanico de pedestal que Vicente encendió para proteger el sueño de su pequeño hermano del inclemente clima juarense estaba todavía prendido. En el patio, Torres notó incluso el trozo de lona de plástico azul desgarrada de un lado…

El agente recibió en eso una llamada de las oficinas del entonces llamado Departamento de Averiguaciones Previas de la Subprocuraduría. Les pedían permanecer en el domicilio y seguir recopilando datos, porque había una familia que denunciaba el secuestro de tres personas, una de ellas con el nombre de la víctima cuya credencial había sido hallada por la mañana en la Explorer, y uno de sus hijos, además, estaba cayendo en muchas contradicciones.

La familia de Vicente había concluido que el adolescente ocultaba algo desde que, por la mañana, saliera de casa de sus abuelos diciendo que buscaría al amigo de su padre. Cuando volvió después de uno de los rondines que hizo por Las Anitas, sus primos y uno de sus tíos ya lo estaban esperando.

—Vamos a ir a la Judicial —le dijeron.

Las oficinas de la Subprocuraduría General de Justicia del Estado de Chihuahua Zona Norte se ubicaban desde entonces en una vialidad que lleva el nombre del cantante Juan Gabriel, en el poniente de Juárez. El edificio era entonces una descuidada construcción de dos pisos con oficinas en las que se amontonaban los también deteriorados escritorios de los agentes del Ministerio Público. La familia Chávez fue conducida al Departamento Antisecuestros para que interpusiera la denuncia y, sin que Vicente se diera cuenta, los tíos dijeron a los agentes que sospechaban que el joven estaba relacionado con la desaparición de su hermana. Los de Antisecuestros contactaron entonces a los de Homicidios, donde ya tenían el nombre de las víctimas.

—A ver, Vicente, ¿qué fue lo que pasó? —preguntó el investigador de Homicidios al huérfano, que ya ocupaba una silla frente a él.

—Ayer como a las 11 mis papás se fueron al cine con mi hermanita. Yo me quedé con mi otro hermano y me acosté a dormir. Luego hoy que me desperté me di cuenta de que no estaba ninguno de los tres…

—¿No se te hace muy tarde como para que tus papás se hayan ido al cine? —inquirió el agente.

Vicente notó en el tono de la pregunta la sospecha abierta en su contra. Sólo entonces empezó a ponerse nervioso.

—No sé… —alcanzó a responder.

—¿Tienes problemas con tus papás, Vicente? —siguió el investigador.

—No, pero mi papá sí tiene problemas con algunas gentes…

La mirada del que lo interrogaba era de total escepticismo. Él empezó a frotarse las manos.

—¿No se te hace que estás muy sospechoso? —siguió el agente, a punto de concluir uno de los pocos casos de homicidio que se resolvieron en ese 2004.

Vicente comprendió entonces que nadie creía lo que estaba diciendo. Por alguna razón que no le interesó en ese momento preguntar, su convicción de que no sería jamás atrapado cedió con un poco de presión y, con tal de no sentirla, decidió confesar todo, con lujo de detalles.

—Está bien, ya no aguanto. Yo y mis amigos los matamos, a mis padres y a mi hermana.

4

La conciencia

EL REPORTERO ARMANDO RODRÍGUEZ, *Choco*, llegó a la redacción de *El Diario* ese 21 de mayo alrededor de las tres de la tarde, minutos antes de que se entregaran los avances de la información para ese día. Asignado a la fuente de la Subprocuraduría, Armando había sido el autor de la nota principal del periódico, que ese día reportaba la impunidad en la que se encontraban los 23 homicidios al estilo del crimen organizado registrados en lo que iba del año. La información lo apasionaba y a menudo compartía emocionado las historias con el resto de los compañeros en la redacción. Ese viernes, no obstante, lo noté un poco más acelerado. Tal vez sentía que había ocurrido algo diferente, que la violencia que estaba acostumbrado a sistematizar en estadísticas —que llevaba desde mediados de los años 90— estaba dando un giro y empezaba a ser indiscriminada. Para esas tres de la tarde, Armando conocía ya la identidad de las víctimas encontradas en la Explorer, su domicilio, sus edades aproximadas y, sobre todo, y eso era quizá lo que lo tenía impactado, el dato de que estaban por detener al hijo mayor de la familia como presunto responsable.

—Un chavillo de 16 años que se puso muy nervioso cuando lo interrogaron, y dos de sus amigos —contó Armando desde su escritorio, con su característico tono grueso de voz y marcado acento norteño.

El hecho, como a todos, me impactó poderosamente en cuanto escuché los primeros datos que compartió Armando. Era el primer caso de parricidio-fratricidio del que tenía noticia y, además, había sido cometido por un menor de edad.

—Y todavía después se fueron a nadar —agregó *Choco*, sorprendido de la falta de valor por la vida humana que denotaba ese solo hecho.

Desde la primera nota que escribió y que también fue la principal de la edición del día siguiente, Armando señaló que los jóvenes detenidos habían tratado de borrar las evidencias y, citando al entonces subprocurador Óscar Valadez, escribió que inicialmente en la misma dependencia se consideró que las víctimas podrían ser unos presuntos delincuentes que habían participado en una balacera, es decir, que efectivamente podría tratarse de un ajuste de cuentas. Pero esa versión duró muy poco. El domingo 23, la imagen de los tres estudiantes apareció en los medios de comunicación luego de que fueran presentados ante los reporteros de la Subprocuraduría, a quienes Vicente dijo en pocas palabras que había matado a sus padres porque preferían a su hermana y, simplemente, porque los odiaba. Valadez puso énfasis ante los reporteros, decía la nota de ese domingo, en que el joven no mostraba remordimientos. Otra información publicada ese mismo día citaba a un amigo de la familia León que decía que Vicente había mostrado una gran envidia cuando sus padres le compraron el automóvil a su hermana Laura Ivette.

Si bien de momento no alcanzábamos a identificar la relación que el parricidio de la familia León guardaba con el resto de lo que ocurría en Juárez, muchos sentimos desde ese fin de semana que, de alguna manera, el hecho anunciaba el surgimiento en la ciudad de una generación que asumía el caos del narcotráfico y la violencia como un río revuelto en el que cualquiera podía hacer lo que le viniera en gana; una generación dispuesta a matar por cualquier cosa, o por nada, sólo porque se podía. La exhumación de cadáveres en Las Acequias y la detención de policías vinculados con el cártel de Juárez parecían indicar que esos jóvenes tenían razón, que el Estado no podía estar ya más corrupto ni más incapacitado material y moralmente para hacer valer la ley. ¿Qué más podía esperarse? ¿Qué faltaba por ver en una ciudad donde la corrupción había llegado a ese grado, donde el hallazgo de víctimas de homicidios era cotidiano desde hacía más de una década y donde la constante en la mayoría de los casos era la falta de investigación y de esclarecimiento porque, entre otros motivos, gran parte de las autoridades trabajaban para el narcotráfico?

Las hipótesis sobre una relación entre todos esos elementos y el crimen de la familia León llegaron a los medios junto con la sorpresa y la conmoción de los León Negrete y los Chávez Márquez. "No nos explicamos cómo sucedió todo, era una familia normal, aquí venían a visitarnos y nunca demostraron tener problemas. Todo estaba bien; no entendemos qué pasó", dijo el abuelo materno de Vicente. Los León viajaron desde Guanajuato creyendo que su hijo había muerto en un accidente con el resto de su familia. Fue una vez que estuvieron en Juárez, con los padres y hermanos de Alma Delia, cuando se enteraron de lo que había hecho su nieto. "No sabíamos lo que había pasado; nos dijeron que había sido un accidente y ahora que llegamos nos avisaron lo que realmente había sucedido", dijo la abuela paterna de Vicente, Consuelo Negrete.

Uno de los primeros en advertir que el parricidio revelaba algo más profundo sobre la ciudad fue un párroco de nombre Aristeo Baca, quien ya había tenido contacto con el fracturado sistema de procuración de justicia de Chihuahua por su labor como consejero espiritual del reo Abdel Latif Sharif , *El Egipcio*, primer detenido como presunto feminicida en la ciudad y a quien siempre consideró inocente. En una entrevista publicada el domingo 23 de mayo, el sacerdote indicaba que el crimen de la familia León Chávez era una muestra más de la "caída vertical de valores en la ciudad, donde la violencia ha sobrepasado desde hace mucho tiempo a las autoridades y donde el crimen organizado ha superado las capacidades de la policía para combatirlo".

En los días siguientes, las claves para entender la relación entre el ambiente criminal de la ciudad y el asesinato de los León Chávez serían reveladas por los propios autores del crimen, quienes concedieron entrevistas por separado y que, además, se convirtieron en un caso totalmente inusual de homicidas cuyas confesiones y relatos resultaban del todo verosímiles. A diferencia de ellos, otros presuntos asesinos —de mujeres, sobre todo— habían aparecido ante las cámaras de los medios severamente golpeados y, durante años, habían insistido en que las confesiones les habían sido arrancadas bajo tortura. Ellos no. Tanto Eduardo como Uziel y Vicente hablaron con total fluidez y veracidad de lo que habían hecho y de cómo matar les había parecido algo tan sencillo.

Eduardo fue el primero en ser enviado a la Escuela de Mejoramiento Social para Menores, entonces ubicada en la Zona Centro, en plena ribera del Bravo. Gracias a que sus padres probaron de inmediato que era menor de edad, fue el primero cuya situación jurídica se resolvió con la sentencia del Tribunal para Menores. Le esperaban cinco años de prisión, entonces la pena máxima para un adolescente en el estado de Chihuahua.

Fue ahí donde, en una de las oficinas de Trabajo Social de la Escuela, el joven estudiante de 17 años y con doble nacionalidad concedió el lunes 24 de mayo una entrevista en la que por única ocasión narró detalles de su amistad con Vicente y, por primera vez, utilizó la palabra "fácil" para referirse a la previsión que tenían de lo que pensaban hacer. "Vicente le dijo a Uziel que nunca lo iban a agarrar porque él le iba a echar la culpa a otras personas que según él eran enemigos del papá. Por eso yo creo que a Uziel se le hizo fácil, y como yo no iba a hacer nada directamente… y también yo dije: 'Pues no son mis papás'… Pero debí haberlo pensado, porque de cualquier manera eran personas, no merece nadie morir y mucho menos así. […] Él nos decía que nosotros no tendríamos nada que ver con asesinarlos ni nada de eso, que no íbamos a interferir directamente, que lo único que íbamos a hacer era dejar los cuerpos en algún lado y en hablarles a los abuelitos para pedir el rescate de parte de Vicente", dijo Eduardo al reportero Pedro Torres.

Moreno, delgado y de una estatura entre la de Uziel y la de

Vicente, Eduardo respondió sereno a las preguntas que le hizo el periodista, quien escribió que el adolescente mantuvo la mirada en el suelo en todo momento. Entre otros temas, Eduardo se refirió a Vicente como un manipulador de quien, sin embargo, no podía alejarse. "Es un chavo que le gusta andar en el relajo y todo, pero cuando hay un problema o algo en veces te deja que lo resuelvas como tú puedas. Le gusta ser muy impositivo: si tienes una opinión acerca de algo y él también tiene una, él piensa que él siempre va a estar en lo correcto y, si tú te equivocas, se burla o te dice palabras así como: 'Ah, qué pendejo eres', o algo así. Y si él tiene la razón, siempre te dice: 'Ves, pa' qué chinga'os andas opinando si yo siempre voy a tener la razón'… Hasta ahora me doy cuenta que tiene una forma como de influenciar, de hacerte que caigas en sus planes, de convencerte; o sea, tiene una forma de hacerte sentir que nunca te va a pasar nada", dijo Eduardo.

—¿Los sigues considerando tus amigos? —le preguntó el reportero.

—A Uziel sí; teníamos más opiniones en común; él se me hace mejor persona que Vicente, porque a él lo veía con ganas de superarse, porque como era mayor y estaba en la escuela, él quería ya echarle ganas, ya no quería reprobar y cosas así; lo veía con unos objetivos más claros… pero pues ahora ya esos objetivos son un poco más nublados…

La posibilidad de ser detenidos por cometer un crimen de esa magnitud le pasó por la mente en algún momento, señaló Eduardo también en la entrevista, pero luego la idea simplemente desapareció de su cabeza. "Si hubiera sabido, si hubiera medido bien qué es lo que me hubiera podido pasar, cuáles hubieran sido las consecuencias, del sufrimiento de las familias, creo que eso sí me hubiera detenido por completo, pero solamente me faltaba un poco por detenerme, y creo que ese poco nunca llegó, y por eso pasaron las cosas", agregó.

El adolescente contaba con una familia completa y unida. Su padre aportaba el sustento por su trabajo en una maquiladora y su madre cuidaba la casa. Pudiendo estudiar en El Paso, le habían permitido matricularse en Juárez como él quería, en recompensa por su buen comportamiento. Ambos lo habían ido a visitar ya en dos ocasiones a la Escuela de Mejoramiento desde su detención, le habían reiterado su amor y su apoyo, y le aconsejaron aceptar su error, purgar su sentencia y pedir perdón a Dios. Sólo así, le explicaron sus adoloridos padres, podría salir con la frente en alto de su reclusión. A pesar de la comprensión, Eduardo seguía terriblemente abrumado por la culpa. Sentía que les había fallado sobre todo a ellos, que vivirían ahora con la afrenta de haber criado a un asesino. En el único momento de la entrevista en el que rompió en llanto, Eduardo le dijo al reportero que sentía que no había hablado a profundidad con sus padres, que no había tenido tiempo de decirles cuánto los quería y que esperaba que, si podían, algún día le perdonaran lo que les había hecho. Y aún más que por sus padres, escribió Torres, Eduardo mostró un gran dolor por el impacto que su delito y su detención podrían causar en su hermano menor. "Siempre traté de cuidarlo, siempre me ha importado qué anda haciendo, dónde está, pero ahora no sé qué sienta él, también lo quiero mucho y ojalá un día me perdone, pero si él quiere negar que soy su hermano, adelante, está en todo su derecho, porque no sé qué haría yo en el lugar de él", refirió.

La entrevista con Eduardo fue publicada el martes 25 de mayo en *El Diario*, día en que, junto con Pedro, acudí a entrevistar a Vicente al Centro de Readaptación Social para Adultos de Juárez. Mi interés era preguntarle dos cosas al joven parricida: ¿Cómo exactamente puede un adolescente conseguir un arma en esta ciudad?, y ¿cómo fue que asesinar a tres personas —sin contar que se trataba de sus familiares— y manejar una camioneta sin placas y con tres cadáveres les había parecido "fácil", como había dicho Eduardo? ¿No pensaron que alguien podría detenerlos?

El Cereso está ubicado junto a la guarnición militar, en el surponiente de la ciudad. Es un edificio deteriorado y sucio que, desde entonces, albergaba a más de cuatro mil internos hacinados en celdas con capacidad para sólo la mitad de ellos. Había ya más de mil adictos a la heroína, y el lugar era comúnmente conocido como "el picadero más grande de Juárez", pero todavía imperaba una relativa calma previa a los años de las riñas mortales. En ese entonces, los integrantes de las pandillas de Los Aztecas, Los Mexicles y Los Artistas Asesinos, por ejemplo, todavía compartían los patios sin matarse.

Vicente seguía en ese penal de adultos porque nadie había acudido a presentar el acta de nacimiento que probara su minoría de edad. Las casi dos semanas que tardó en llegar el documento que finalmente le había tramitado su defensor público, Jorge González, las pasó en la Habitación 16 del reclusorio. Obtener una entrevista con él fue sólo cuestión de pedirla a la dirección y, alrededor de las 11 de la mañana de ese martes, lo vimos en una oficina del área administrativa. Lo primero que noté cuando entró fue que, cuatro días después de la detención, seguía con la misma playera negra y la bermuda beige con las que había aparecido ante las cámaras el sábado. Me pregunté si sería normal que ninguno de los familiares que le quedaban se hubiera ocupado de llevarle ropa. Después sabría que jamás se le volvieron a acercar en toda su vida.

Era el más alto de los tres detenidos; era también muy delgado, con el cabello corto, apretado de manera natural contra el cráneo. Portaba el chaleco naranja de tela sintética que usan los presos para su traslado a alguna oficina o a los juzgados. Con solvencia y una aparente calma se sentó en uno de los mesabancos de la oficina, esperando nuestras preguntas. Se llevó una mano a la barbilla en cuanto empecé a preguntarle cómo y cuándo se le había ocurrido la idea del crimen, a lo que respondió, como al resto de los cuestionamientos, con frialdad y soltura, abundando en detalles sobre los hechos y sus motivaciones:

"Yo les había pedido desde el lunes permiso para ir a una fiesta, que era un viernes. Me dijeron que sí. El martes les volví a decir, y me dijeron que sí. El miércoles también y me dijeron que sí, y así hasta que llegó el viernes. Ese día me meto a bañar, me cambio y apenas le digo a mi papá que ya me voy y me dice que: '¿A dónde?', y le digo: 'No, pues a la fiesta, acuérdate que te pedí permiso desde el lunes'. Y dijo: 'No, no vas a ir'. 'Pero si ya me habías dicho que sí, ¿por qué?' 'Porque no quiero. No vas a ir'. Y nos empezamos a pelear; mi mamá también se metió, me dijo que yo siempre quería hacer lo que yo quisiera, se puso del lado de mi papá, y ya entre los dos me empezaron a regañar. Yo me enojé mucho, me fui y me metí al cuarto, me tiré en la cama, me puse a llorar y no sé, de repente se me ocurrió, así nada más, sentí que los odiaba.

"Al siguiente día de escuela le dije a Eduardo de mi plan. Se sacó de onda; primero pensaba que era una broma, pero estuvimos platicando un rato y vio que era en serio, y me dijo que yo sabía lo que hacía y que contaba con él. Yo creo que pensaba que, aunque no me apoyara, de todos modos lo iba a hacer. Y no sé si para quedar bien conmigo, o tal vez pensaba que si me decía que no, nos íbamos a pelear, y dijo que sí.

"Primero fue sólo un plan para secuestrarlos, pero como no sabíamos qué hacer, no se nos ocurría nada y de repente yo dije que si los asesinábamos. A partir de ahí, casi siempre cuando podíamos platicábamos de eso.

"A Uziel le contamos después. Él sospechaba porque nos veía raros a mí y a Lalo, porque ya no andábamos con él. Entonces Uziel me preguntó que qué nos traíamos, y ya le conté. Estábamos afuera de mi casa, en el patio, y le dije eso, que íbamos a tratar de asesinar a mis padres y hacerlo como un secuestro. En un principio, Uziel se espantó más que Eduardo y me dijo que pensara bien las cosas. Ese día no nos dijo nada, hasta al día siguiente, o dos días después, me dijo que sí, que yo sabía lo que hacía, que eran mis papás y que nos apoyaba también. Ya en eso fue cuando empezamos a tratar de planear.

"Lo primero que decidimos era que lo teníamos que hacer con una pistola. Eso era porque, como mi papá tenía muchos enemigos narcotraficantes y de la misma policía, tenía que ser con pistola para que se hiciera pasar así, como ejecución. Mi papá tenía un taller de carrocería, debía dinero y tuvo unos problemas con unos 'narcos' que un día llegaron con cuernos de chivo a la casa. Era de lo más obvio, llegaron, discutieron, se llevaron unos carros y se fueron."

¿Cómo consiguieron ustedes la pistola?

"Eduardo y yo fuimos a la colonia Melchor Ocampo, porque nos imaginamos que ahí encontraríamos, no sé, a unos 'cholos', o preguntando llegaríamos con alguien que sabía dónde la podíamos conseguir. Para eso traíamos como mil 600 pesos que Eduardo le había robado a su papá de la cartera, pero ahí no encontramos nada, al final nos la prestó un amigo de la escuela… Se llama Alejandro, le dicen Alex, y estuvo conmigo en la primaria."

¿Alex qué?

"No me acuerdo… Aquí lo traigo en mi camisa." Se paró, se levantó el chaleco naranja y mostró las palabras escritas con pluma que apenas se distinguían sobre la parte interior de la playera.

¿Ruiz Escareña Alejandro?

"No, es R., creo…"

¿R.A. Alejandro?

"Sí, él es Alex; él nos prestó la pistola.

"Antes hubo un problema en mi casa: a mi papá le intentó dar un infarto, y como ese día nosotros andábamos consiguiendo una pistola [Vicente esbozó en este punto una sonrisa, pero casi de inmediato se cubrió la boca], me acuerdo que hasta Eduardo dijo jugando: 'Mira, ya ves, hasta se nos están adelantando'. De primero como que sí me sentí mal, pero yo mismo dije: 'Si ando buscando una pistola para matarlos, o sea, ¿por qué me siento mal?' Y ya así se quedó.

"A mi papá le dio el infarto porque había encontrado a mi hermana con su novio, y mi papá la regañó y le pegó, pero a él, como ya le había dado un infarto, y aunque sabía que no se podía enojar mucho porque estaba propenso a otro, se enojó yo creo demasiado, y le dio uno más."

¿Qué pesó más en su decisión para finalmente matarlos?

"Yo pienso que en ese momento el odio, seguido por la avaricia; aunque primero era liberarme y después ya dije: 'Si vamos a hacer eso, vamos a sacar algún provecho también', y se nos ocurrió el secuestro y pedir el dinero."

Eduardo dice que los convenciste de que sería muy fácil… ¿Por qué muy fácil? ¿No pensaron en que los podría detener la policía?

"En realidad pensamos que era un plan perfecto. ¡Es que ni por aquí [se pasó el dedo por la frente] nos imaginamos que existía la policía! Nunca, nunca pensamos en eso. Nosotros pensábamos que los iban a encontrar, que habría entrevistas, como ahorita, con la policía, y que sería un caso que iba a quedar ahí y se olvidaba. Nunca se nos ocurrió decir: '¿Y si nos descubren?, ¿y si nos agarran?' Porque decíamos en la plática: 'Estamos en México, es un país corrupto, que la policía está de adorno', o sea, nos vamos con la imagen de que México es corrupción, impunidad, porque ¿cuántos casos, así como el de las muertas de aquí de Juárez, o sea, cuántas son? Van 400 y algo. Pensamos que los policías nada más están ahí por estar. Si la Judicial te agarra, no sé, en un antro o en la calle, con una grapa de cocaína, marihuana, o cualquier droga, de volada piensas: 'Le doy 200, 300 pesos, lo que traiga y me sueltan; si me paso un semáforo le doy 50 pesos al de Vialidad y me suelta'. O sea, pensamos que nada más las leyes están para romperlas, para eso están.

"Lo que hicimos no tiene justificación ni perdón; yo sé que ahorita para todos en sí soy lo más despreciable que puede haber, y eso soy, me odio a mí mismo, si tuviera ahorita aquí una pistola la agarro y me mato, o tal vez no me mato y, no sé, trato de sufrir todo lo más que puedo y luego ya después me muero."

¿La cárcel no te parece suficiente?

"No, porque me están diciendo que como soy menor a lo mucho me van a dar cinco años, hasta para mí mismo eso es una burla, o sea, para las autoridades mi familia valía cinco años de cárcel. Si yo estuviera allá afuera y otra persona estuviera aquí, yo estaría pidiendo que lo mataran."

La entrevista apareció publicada en la portada del periódico del miércoles 26 de mayo con el encabezado: "Creímos que policía no investigaría", generando diversas reacciones y opiniones sobre quién era más culpable en ese crimen y de la percepción de la ausencia total de consecuencias: si el adolescente carente de sentimientos y valores, la familia que no se los inculcó, el Estado que no hacía algo por detener a los criminales o los medios de comunicación, que reportábamos los hechos violentos y la falta de ley.

Sin pudor y al parecer sin reparar en el profundo cinismo que evidenciaban, las autoridades policiacas fueron las primeras en advertir que lo hecho por los tres adolescentes era una consecuencia de la generalizada falta de castigo para los crímenes en Ciudad Juárez. "Lo que se observa en los menores que participaron en el mutihomicidio es lo que se denomina 'conciencia de impunidad', que se fue formando, primero, por el rezago que se presentó por años en materia de investigación y seguridad en este municipio. Un rezago del que las autoridades deben estar conscientes", dijo el entonces jefe de la Policía Municipal, Ramón Domínguez Perea, quien estuvo al frente de la seguridad pública en Juárez durante el último gobierno local panista. "Esa conciencia de impunidad permeó en la sociedad al grado de pensar, como lo está manifestando Vicente León Chávez, en que se pueden cometer ilícitos sin que pase absolutamente nada. Por eso es necesario que puntualicemos, por su conducto, los medios de comunicación, que actualmente existe coordinación, que existe cruce de información, que entre las autoridades hemos logrado resultados como el que hoy, en este caso específico, y en otros de impacto social, se han alcanzado", agregó el oficial.

La coordinación de la que hablaba Domínguez se llamaba Plan Integral de Seguridad Pública, que fue el primer proyecto de integración de los tres niveles de gobierno para el combate a la delincuencia en Juárez, por la que el gobierno del entonces presidente panista Vicente Fox había recibido ya severas presiones internacionales. El plan, presentado aquí en 2003 por el entonces secretario de Gobernación, Santiago Creel, incluía entre otros compromisos la depuración de los cuerpos policiacos atestados de elementos al servicio del narco y, por supuesto, fue incumplido por los tres niveles de gobierno.

Ese 2004, el encargado de la aplicación de dicha estrategia era Héctor González Valdepeña, comandante de la entonces llamada Policía Federal Preventiva y quien, entrevistado también respecto a lo que había dicho Vicente, coincidió con Perea en identificar lo que llamó "el enemigo número uno" de Ciudad Juárez. "Es la impunidad, y a partir de ahí lo que quieras. Finalmente es eso: que de muchos de los delitos que se cometen pocos son esclarecidos, y entonces la gente puede pensar como esos chavos; aunque es muy lamentable que un chavo piense que hay impunidad, no se puede decir que sólo por eso pudo cometer un crimen tan grave; hay otras razones, pero es obvio que lo hizo pensando que no iba a haber consecuencias, reales al menos", aseveró Valdepeña, quien agregó sentirse "preocupado de que cada vez más gente pueda pensar que hay impunidad y que puedan llegar a decir: 'Vamos a hacer tal o cual delito'".

Los dos mandos de las corporaciones preventivas entrevistados hablaron tan abiertamente de lo fallido del sistema de procuración e impartición de justicia que parecían pasar por alto que ellos, como jefes policiacos, formaban parte de la cadena de procedimientos que conducen al ideal de paz. Si bien las palabras de Vicente apuntaban efectivamente a una de las áreas más críticas del sistema penal de Chihuahua, la respuesta de los mandos reflejaba también esa lógica de culpar a otros con la que siempre han afrontado las críticas por sus constantes fracasos ante la violencia de Ciudad Juárez.

Cuando se preguntó al Ministerio Público por su responsabilidad en la percepción de impunidad que imperaba en la ciudad, el vocero de la Subprocuraduría, Mauro Conde, culpó a su vez a los medios de comunicación de difundir sólo lo negativo de las autoridades y, con ello, dijo, influir para que personas como Vicente y sus cómplices tuvieran la idea de que matar no tenía consecuencias. "Sin querer echarles la culpa, pero es por los medios de comunicación, porque la gente se entera en los medios de lo malo que sucede, pero a muchos de los casos que se resuelven no se les da tanta publicidad como se le da a un evento sangriento", observó Conde. "Simplemente, el caso en cuestión lleva más de una semana en los titulares de los medios y seguramente se seguirá difundiendo. Pero, por ejemplo, si se da la detención de equis delincuente como consecuencia del desarrollo de una investigación, puede que se publique, pero no hay una continuidad de estar resaltando lo bueno o los logros por parte de los medios de comunicación", agregó el portavoz.

En un editorial publicado el domingo 30 de mayo con el título de "Conciencia de impunidad", *El Diario* planteó que las motivaciones y circunstancias que propiciaron el crimen de Vicente obligaban a una reflexión por parte de todos en la comunidad fronteriza. "¿Cuántas personas podrían, bajo determinadas condiciones, llegar a cometer un delito más o menos grave que el comentado, con la creencia firme de que al fin y al cabo a casi nadie le importa y, por tanto, no serían perseguidos y menos castigados? [...] Se trata de un llamado para que cada uno medite en el papel que le corresponde dentro de la comunidad; el modelo de familia que se ha ido creando en la visión de los juarenses; el rol que juegan los formadores escolares; el tipo de educación que se está trasmitiendo a las nuevas generaciones; el entorno en el que están creciendo los hijos; cómo influimos los medios de comunicación, las instancias de gobierno, los organismos intermedios; qué han hecho las iglesias... en fin, qué ha ocurrido para que llegáramos a testificar el sinsentido de la muerte de una familia a manos de uno de sus integrantes."

La respuesta a la pregunta inicial del editorial llegaría en muy pocos días, el 2 de junio, y también del Colegio de Bachilleres 6. Otro estudiante del plantel acuchilló a un compañero durante una riña en el interior de la escuela y casi lo mata. El agresor llevaba un arma blanca y, en pleno mediodía, se la enterró a su víctima en el pecho.

Juárez estaba entonces en pleno proceso electoral para renovar los gobiernos estatal y municipal. Los priistas José Reyes Baeza y Héctor Murguía avanzaban en las preferencias de la poca población que vota en la ciudad (apenas tres de cada 10 habitantes para ese tipo de procesos), y los dos candidatos, en ge-

neral y como siempre ocurre en todo el país, eran totalmente
ajenos a las problemáticas de la población. La nota del atentado
en el Colegio de Bachilleres apareció en *El Diario* mezclada con
otros asuntos, como el avance de la construcción de Electrolux,
una maquiladora que "detonaría" el crecimiento de otras 10 mil
hectáreas todavía más al suroriente de Ciudad Juárez.

Una lectora que por esos días envió una carta al periódico se
dijo "profundamente impactada" no sólo por el crimen de Vicente, sino por la incapacidad de la sociedad para verse refleja-
da en él. Explicaba que había decidido escribir luego de escuchar
en su lugar de trabajo una conversación en la que sus compañeros se referían a Vicente como un "maldito malnacido, mala-
gradecido, psicópata o loco", que merecía la muerte y no tenía
perdón. No podía creer lo que oía, escribió. "Sentía una incomo-
didad que no entendía y empecé a analizar qué era lo que me
molestaba. Y encontré, recordé que a la edad de Vicente yo también deseé, no una sino varias veces y de diferentes maneras,
desaparecer a mis papás, pues por mucho tiempo fui golpeada,
utilizada como ayudante en el trabajo, maltratada emocionalmente, pues sólo escuchaba de parte de ellos que yo no servía
para nada", explicaba la lectora. "Pero había algo que detenía la
acción, algo que no tuvo el joven Vicente, al cual el día de hoy
compadezco y comprendo perfectamente; no sé su historia, pero
al ver su mirada encuentro tristeza, odio, depresión, enojo. No
justifico lo que hizo y sé que cometió un delito, pero sé que él
está necesitado de afecto y atención inmensamente, tal como yo
me sentía en esa época. El día de hoy le doy gracias a Dios por
no haber llegado a la acción, de poder atenderme y hablar y sacar el dolor con terapia, a la cual quizá Vicente no tuvo acceso.

Exhorto a la comunidad a no ver sólo el exterior, sino a tratar de comprender a este joven, y hacer un examen de conciencia, preguntarnos cómo se sienten nuestros hijos, si abusamos o no de ellos física o emocionalmente. Si encuentran una respuesta positiva, tienen la oportunidad de cambiar buscando ayuda y parar estas actitudes y detener otro crimen de odio. Creo que hay un deber ciudadano en cada uno de nosotros con estos tres jóvenes, en lugar de sólo juzgar, criticar y enjuiciarlos."

Vicente y Uziel recibieron el auto de formal prisión el día posterior a la entrevista, el miércoles 26 de mayo, en el Juzgado Segundo de lo Penal, entonces encabezado por la jueza Catalina Ochoa. En el caso de Uziel y de Vicente, Ochoa resolvió que los dos eran probables responsables de los delitos de parricidio y homicidio calificado con las agravantes de premeditación, ventaja, "brutal ferocidad" y retribución en perjuicio de Vicente León Negrete, Alma Delia Chávez y la menor Laura Ivette León Chávez. A Uziel Guerrero, explicó la jueza, se le atribuía la probable responsabilidad del delito de parricidio porque, aun cuando no tuviera parentesco con las víctimas, "sí tenía conocimiento de que iba a participar en el asesinato de personas que sabía que eran los padres de Vicente León Chávez". Al sustentar la calificativa de "brutal ferocidad", Ochoa añadió que la resolución obedecía a que "los activos mostraron que tienen total desprecio hacia la vida humana, dada la manera en que llevaron a cabo los homicidios".

En la fotografía de los dos jóvenes detrás de la rejilla de prácticas del Juzgado Segundo que apareció en la portada del periódico el día siguiente, Vicente —quien una semana después seguía con la misma playera negra— se ve escuchando con indiferencia al secretario de acuerdos mientras Uziel ve al funcionario con la expresión de angustia y pánico que mantuvo en su entrevista. Siendo el único mayor de edad de los tres, era también el que enfrentaba el mayor castigo por los hechos: hasta 60 años de prisión debido a las reformas que, después de una década de feminicidios en Juárez, habían aumentado dos lustros a la pena máxima para el asesinato cuando la víctima fuera mujer. La vida entera se le había ido en un juego de azar.

Ese mismo miércoles 26, el joven Alejandro R.A. y un abogado fueron a buscarme a *El Diario* para aclarar que él no le había prestado ningún arma a Vicente —lo cual desmentiría más tarde el Ministerio Público, aunque sin fincarle cargos—.

El adolescente llegó a la recepción de *El Diario* con el profesionista, que dijo representar a la familia R.A. desde hacía dos años. De ahí los conduje a uno de los cubículos de la redacción, en la planta alta, donde empecé a grabar lo que Alejandro quería que se precisara.

—A mí [los homicidas] me dijeron que habían ido a varias colonias a conseguir la pistola, y también fueron conmigo, pero yo no les presté nada —empezó a narrar Alejandro, hasta que lo interrumpió su representante.

—¿Tú tienes armas en tu casa? —le preguntó el abogado, como si estuviera probando un caso en un tribunal.

—No —le respondió el adolescente.

—Entonces, ¿por qué dices que no les prestaste nada? —insistió el.

—Porque, para empezar, no tengo armas. No ando metido en esos problemas, y porque no les iba a conseguir nada —respondió el joven.

Alejandro narró también que la publicación de *El Diario* le había causado problemas en la escuela, donde el director lo llamó para preguntarle si tenía algo que ver con el caso de Vicente.

—Eso fue lo que me dijo el subdirector, y me estaba diciendo, prácticamente interrogando, que si tenía armas. Y le dije: "No, ¿sabe qué? no tengo armas. Si quiere, háblele a mi mamá, para que traiga un abogado y arreglamos el problema".

—Además, el nombre de mi representado no obra en ninguna de las diligencias que realiza el Ministerio Público —intervino el abogado.

—¿Cómo lo sabe? —le pregunté.

—No puedo decírselo —me respondió.

El abogado era Ignacio Esqueda, el mismo que en 1999 había defendido al propietario del "búnker" de La Rosita y del rancho La Campana.

5

Impunidad

LA PIEL HUMANA se torna plomiza con la pérdida de sangre. Este cambio es una de las diferencias físicas que hay entre la vida y la muerte y que son perceptibles a simple vista en una víctima de homicidio. También lo es el color de la sangre, de un rojo casi claro y todavía brillante en quienes tienen pocos minutos de haber sido acribillados, y marrón ennegrecido en quienes son localizados después de más tiempo. La piel del asesinado se va tornando ceniza al mismo ritmo con el que el líquido vital avanza por la superficie. La temperatura del ambiente también influye. El calor, por ejemplo, acelera el proceso de descomposición del tejido hemático, aumentando su viscosidad cada segundo que pasa fuera del organismo, como si se inflara, dejando una marca café casi indeleble sobre las banquetas, el pavimento, los pisos o las paredes de las casas. Los familiares suelen cubrir las manchas con arena y otros tratan de lavarlas con agua de la manguera, haciendo entonces que la sangre corra literalmente por las calles de la ciudad.

El momento más terrible para las familias suele ser el del levantamiento del cuerpo, cuando en ocasiones a las víctimas les es removida la ropa y quedan expuestos los orificios de entrada de las balas, perfectamente redondos y bordeados por una quemadura negra por el hollín que invariablemente contrasta con el color de cada parte del cuerpo.

Pero la barbarie se palpa sobre todo en la languidez de los cadáveres sobre el suelo, donde quedan a veces de lado, con los brazos sobre el vientre, empujados por la fuerza de cada impacto de bala, sangrando, con el rostro casi destrozado si les dan en la cabeza, asesinados y tirados por miles, sin explicación.

En la inmensa mayoría de los casos, conocer el motivo de los crímenes ha sido un privilegio exclusivo de los asesinos. Para los familiares de las víctimas y la sociedad han quedado meros indicios, siempre insuficientes para recrear, explicar y comprender la magnitud de la destrucción humana que se ha estado produciendo.

El plan de mejorar la investigación criminal anunciado en 2004, al inicio de una reforma penal financiada por Estados Unidos y que en 2008 introdujo el sistema "acusatorio" y los juicios orales en Ciudad Juárez, para 2010 se había reducido a un aparato de policías, peritos y agentes del Ministerio Público capaces de presentar evidencias de probables responsables en sólo tres de cada 100 asesinatos, proporción aun menor de la que había antes del cambio de sistema. De los restantes 97 crímenes, se reportaba de manera oficial no contar con pruebas o pistas.

Con estos indicadores de eficiencia, en los tres años del periodo de violencia atribuido a una disputa entre dos organizaciones de narcotraficantes por el control de Juárez —y que coincidió con el inicio del nuevo sistema de justicia—, cuando entre 2008 y 2010 fueron asesinadas más de siete mil personas tan sólo en Juárez y la ciudad se convirtió en la más violenta de México, en poco menos de 200 casos se presentaron indicios contra presuntos sospechosos.

En el caso de los seis mil 800 homicidios restantes, únicamente quedaron rastros mínimos para saber cómo o por qué ocurrieron. Los agentes del Ministerio Público dejaron de acudir a la escena del crimen y durante seis años —de 2004 a 2010— fue incluso raro ver a policías haciendo preguntas en los alrededores. El único trabajo de campo quedó entonces a cargo de los peritos investigadores, que fueron quienes proporcionaron los únicos datos de las "carpetas de investigación", o averiguaciones previas.

Así, y a diferencia de lo que ocurría en la década de los 90, a la fecha los expedientes sólo son prolijos en la descripción de datos y elementos como la hora en la que fue localizada cada víctima, la forma en la que cayó sobre el suelo —posición que los forenses llaman decúbito—, las características físicas (color de cabello y de tez, complexión, ropa) y, también, datos abundantes sobre la necropsia, como el punto exacto de cada orificio de entrada y salida de las balas, sus trayectorias por el organismo y todo lo que causaron a su paso, como laceraciones de órganos o fracturas de huesos. De cada herida queda un detallado registro, así hayan sido producto de más de 100 disparos.

Los peritos son pulcros también en el conteo de los casquillos que se encuentran en el lugar del hecho; los enumeran y luego los dividen por calibres, lo cual puede servir para indicar la cantidad de armas y, por ende, de tiradores presentes en cada crimen. Una base de datos elaborada con la información de los boletines de la Subprocuraduría sobre más de mil homicidios arrojó que al menos una cuarta parte de los crímenes de 2008 se cometieron con armas cortas 9 milímetros y, en segundo término, con ametralladoras AK-47.

Y eso es todo; en la inmensa mayoría de los casos no se buscan más pistas o testigos del asesinato, no se interroga más que a los familiares y casi siempre para conocer un solo dato: ¿a qué se dedicaba la víctima? Si surgen indicios para suponer que tenía o en algún momento de su vida tuvo contacto directo o indirecto con alguno de los muchos eslabones de la cadena del narcotráfico, la investigación si acaso se ocupa de establecer el grupo criminal que podría estar implicado y el asunto es entonces finiquitado. Los expedientes no presentan más preguntas o entrevistas. El asesinado estaba de alguna manera en la línea de fuego del narco y podía morir. ¿Quién lo asesinó o por qué? Es lo de menos para el Estado. En algo andaba, y punto. Fin de la investigación, aunque en diversos casos haya testigos. Durante un sexenio, los agentes del Ministerio Público no hicieron más que apilar carpeta sobre carpeta hasta que éstas se convirtieron en miles, todas sin más datos que los periciales.

Con el 97 por ciento de los casos sin más explicación que una guerra entre narcotraficantes y con un Estado que ha utilizado ese argumento para evadir su obligación de procurar justicia, en Juárez se vive sin elementos probados para conocer y comprender la extraordinaria complejidad del fenómeno delictivo. El crimen es el fin de la vida y también de la explicación del hecho. La falta de esclarecimiento reduce la gravedad de la aniquilación de la existencia humana a una síntesis, a una estadística, a uno más asesinado. Como si la muerte por homicidio estuviera siendo causada por el paso de una sombra letal inexplicable o de una epidemia desconocida, y no por individuos que recorren armados las calles de la ciudad. De ellos rara vez hay rastro alguno en las indagatorias oficiales.

Tal nivel de ineficiencia apunta a lo más parecido a un estado de barbarie, en el que imperan la justicia privada y la idea de que es posible cometer cualquier delito, como un retorno al estado natural del hombre, sin ley. Pero la ley existe, sólo que no se cumple. El Código Procesal del Estado de Chihuahua inicia de hecho explicando que el propósito de cada investigación es "establecer la verdad histórica, garantizar la justicia en la aplicación del derecho y resolver el conflicto surgido como consecuencia del delito, para contribuir a restaurar la armonía social". La norma protege la vida del individuo como el principal bien del Estado, antes incluso que la seguridad de éste.

Vicente León mostró además que la investigación es la única forma de aproximarse a las raíces que originan el crimen, esa red de motivaciones y factores que inciden en cada persona que decide cometer un homicidio. Sin esa investigación que aclare cada asesinato se pueden generar teorías, especulaciones y aun políticas públicas para explicar o prevenir la inseguridad, pero sin bases para saber lo que realmente está ocurriendo. Se requiere a la Justicia para comprender y solucionar el fenómeno. En la impunidad, la sociedad sólo imagina o ve las monstruosas consecuencias del delito, y lo que hace años en Juárez era indiferencia, ante la multiplicación de los casos se convirtió en sensación permanente de inseguridad y miedo. Al desconocer quiénes han sido los asesinos, todos o ninguno podrían serlo. ¿De quién y cómo hay que tener cuidado?

Vicente, quien vivía convencido de que en Juárez nadie investigaría su delito, fue paradójicamente uno de los pocos detenidos por homicidio que hubo en 2004 —cuando se encontraron pistas en un 44 por ciento de los casos de asesinato, la mayoría cometidos durante pleitos de pandillas—, y resultó que uno de sus motivos había sido su percepción de la falta de investigación en la gran mayoría de los delitos. Aunque había declarado a los medios que mató a su familia porque odiaba a sus padres por preferir a su hermana, para los criminólogos del Centro de Readaptación Social municipal el detonante de su crimen no fue un problema ubicado en el seno familiar. El elemento había sido "exógeno" —escribieron en la ficha criminal de Vicente cuando llegó al Cereso—, generado en un círculo más amplio que el de la casa, como la escuela, la colonia o la ciudad misma: el chico era incapaz de respetar y de creer en las normas. El motivo del crimen fue entonces oficialmente clasificado en la ficha criminológica del expediente carcelario de Vicente, el 2004/1338, como una "sociabilización carente con distorsión a la introyección de las normas". A esa conclusión llegaron los especialistas cuando lo entrevistaron poco después de su primer ingreso en mayo de 2004, y a ellos también les dijo haber estado seguro de que nadie lo investigaría y de que no iban a encontrarlo, que sabía que la policía de Juárez y de todo México era corrupta y que estaban matando a personas y nadie hacía nada por impedirlo. La licenciada Ada Robles, jefa del Departamento de Criminología en el Cereso juarense durante 15 años, describió esa clasificación de los motivos del adolescente como su interpretación personal del entorno social del país y de la ciudad. Era su forma, consideró la criminóloga, de decir: "¿Por qué yo no puedo?, ¿por qué a mí me vas a castigar si toda la sociedad está podrida? ¿Qué más da? ¿Por qué yo no voy a matar si están matando mujeres todos los días?"

Vicente había hecho esa lectura de la sociedad juarense en 2004, cuando los homicidios en la ciudad eran alrededor de 300. La entrevista con Robles fue en 2011, cuando las cifras anuales eran ya de miles. La percepción sobre la falta de castigo, me dijo la experta de la cárcel fronteriza con fundado pesimismo, se ha multiplicado en un mil por ciento, "y eso es ahora todo lo que está influyendo en la mayoría de los chicos. Dicen: '¿Qué pasa? Igual puedo robar un cajero y no pasa nada; de aquí a que me detengan ya me gasté el dinero y ya fui y vine no sé qué tantas veces', porque desafortunadamente así se ha presentado el factor de la impunidad en la sociedad".

Un análisis de los homicidios de mujeres en Juárez publicado por la Oficina de Promoción de la Paz de la Generalitat de Cataluña en 2010 planteó que la "desidia institucional ante los asesinatos" es también un mecanismo de violencia estructural que banaliza los ataques entre la sociedad y que, a través de su reiteración, naturaliza los comportamientos agresivos, convirtiéndolos en hábitos.

Vicente fue el primero a quien escuché esta idea. Presentaba una reacción totalmente opuesta a la indignación que podría esperarse ante la multiplicación de los ataques físicos y la falta de acceso a la justicia para las víctimas. En lugar de enojo, lo que se estaba generando era un profundo desprecio por la vida humana. "México es corrupción", "La policía está de adorno"...

¿Cómo culparlo?

Ese 2004, en Juárez —como seguramente en el resto del país— imperaba la convicción de que las policías y el aparato penal no podían ser más corruptos e ineficientes. Lo sabía el mundo entero. Chihuahua era ya una referencia y un paradigma internacional de una muy sospechosa incompetencia pública a la hora de aclarar qué ocurría con los delitos. El escándalo de Las Acequias era una de las acusaciones más recientes y directas, porque vinculaba a ciertos agentes con un grupo de víctimas en específico, pero no era la primera evidencia de que las corporaciones policiacas de Juárez estaban infiltradas por el crimen organizado. Las referencias históricas abundaban e implicaban a todos los niveles de gobierno. En 2000, por ejemplo, un grupo de policías municipales fue vinculado con la liberación de un presunto narcotraficante y con la "amable" devolución de una tonelada de marihuana al mismo. Desde los años 90, también, se publicaba en el estado que un comandante de la Policía Judicial Federal de nombre Elías Ramírez Ruiz tenía vínculos con Rafael Muñoz Talavera, cuñado y hombre de confianza de Rafael Aguilar. Un caso aún más antiguo era el del alguna vez fiscal para la Investigación y Lucha Contra el Narcotráfico del presidente Carlos Salinas de Gortari, Javier Coello Trejo, quien en abril de 1990 visitó Juárez para anunciar "castigos de hasta 35 años de prisión para todos los policías a quienes se les comprobara estar involucrados en el narcotráfico". Cuatro años después, sin embargo, el propio Coello fue mencionado en un juicio en Texas como sospechoso de recibir costosos regalos por su protección a Juan García Ábrego, entonces jefe del cártel del Golfo.

"No existe en México una institución del orden público en la que la DEA tenga una relación de entera confianza", sintetizó en 1998 dicha oficina norteamericana en un reporte presentado ante el Senado de Estados Unidos. "En México las mafias del narcotráfico son más poderosas que nunca antes, y el nivel de corrupción en ese país no tiene igual en ningún otro lugar del mundo", testificó el entonces jefe de la DEA, Thomas Constantine.

Óscar Máynez es un criminólogo que encabezó el Departamento de Servicios Periciales de la Procuraduría en Juárez hasta 2002, cuando salió por desacuerdos en la investigación del caso en el que se encontraron ocho mujeres asesinadas en un campo algodonero. Cuando en 2004 lo entrevisté por la vinculación de policías con los crímenes de Las Acequias, dijo tener claro que la única explicación del poder que tenía el narcotráfico en México era la corrupción del Estado. "Para que el crimen organizado exista", me dijo, "tiene que tener protección oficial". En esa ocasión conversé con él durante su clase en el Instituto de Ciencias Sociales y Administración de la Universidad Autónoma de Ciudad Juárez. De manera jocosa, Máynez planteó el tema a sus alumnos en el salón, preguntándoles si sabían del hallazgo de 12 cadáveres en una casa, en el que: "Agárrense", les dijo en tono sarcástico, "al parecer hubo policías involucrados". Unánimemente, los alumnos le respondieron con un también irónico: "Naah, ¡qué raro!"

El desprestigio nacional e internacional de la procuración de justicia en Chihuahua por la infiltración del crimen organizado, sin embargo, palidecía ante el descrédito del que era sujeto el estado por la impunidad en la que se encontraban los homicidios de mujeres, alrededor de 378 casos para ese 2004 y desde 1993.

Ante la presión internacional, el entonces presidente Vicente Fox creó una fiscalía federal que, en enero de 2004, en Los Pinos, hablaba de sólo 21 casos con avances en las investigaciones y, por otra parte, de unas cinco decenas de averiguaciones previas "imposibles de investigar". Nadie parecía estar dispuesto a explicar a ciencia cierta qué estaba ocurriendo.

En ese marco de impunidad se produjeron también diversos fenómenos sociales, mediáticos y políticos desde la década de los años 90. A partir de entonces se crearon organizaciones feministas locales en defensa de los derechos de las mujeres víctimas y en demanda de justicia. Después de ellas, y en mucho gracias a ellas, se dio una amplísima difusión a los homicidios de mujeres a nivel nacional e internacional. Casi todo mundo tenía una opinión al respecto. Un artículo de *El Diario* en 2005 arrojó que, desde 1999, los casos que diversas fuentes llamaban "feminicidios" habían sido el tema principal de unos 18 libros, al menos 12 obras de teatro, nueve películas y documentales, 14 canciones e infinidad de reportajes de diversos medios nacionales e internacionales, particularmente de Europa y Estados Unidos. Se hicieron incluso análisis de los discursos y de la forma en que cada producción explicaba, interpretaba y presentaba a Ciudad Juárez como una especie de capital mundial de la violencia contra las mujeres.

Las tesis eran tan diversas como los autores. Una investigación de Erin Frey, doctora en Historia por la Universidad de Yale, encontró en 2008 tres diferentes narrativas de los diversos materiales artísticos, comerciales y periodísticos que se habían producido: una que retrataba los homicidios como resultado de las políticas neoliberales y sus injusticias, otra que los planteaba en relación con la impunidad y las fallas del gobierno para proteger a las mujeres, y una más que aseguraba que eran hechos individuales de uno o más homicidas seriales que actuaban en la ciudad. Ninguna examinaba el problema de la violencia en su complejidad y todas, concluyó Frey, se circunscribían a entender el problema dentro de una perspectiva de agresión de género. Frey añadía que las teorías tampoco consideraban que la violencia en Juárez estaba haciendo víctimas no sólo a las mujeres, sino también a los hombres y en proporciones mucho mayores, y así lo demostró estadísticamente, comparando la cantidad de homicidios por género desde 1985 y hasta 2004 con base en datos del Colegio de la Frontera. Tan sólo entre 1993 y 2004 habían asesinado a 378 mujeres y a dos mil 700 hombres.

Para 2004, la intensa y caleidoscópica narrativa que se había formado en torno a los homicidios de mujeres había requerido ya de horas y horas de entrevistas con los familiares de las víctimas, especialmente con las madres, quienes sufrían un poco más con cada pregunta. La atención local, nacional e internacional, además, contrastaba con la dolorosa soledad, impotencia e impunidad en las que ellas seguían viviendo. Habían narrado ante los medios sus casos durante uno, dos, tres y en ocasiones hasta seis años sin que pareciera servir de algo para que finalmente pudieran ver a los homicidas de sus hijas en la cárcel. ¿De qué otra forma se podría plantear el problema? ¿Qué más habría de verse en Ciudad Juárez para comprender la urgencia de que esas madres y todas las familias de los miles de víctimas de homicidio, hombres y mujeres, tuvieran acceso a la justicia?

Fue entonces cuando la familia León Chávez pagó en carne propia las consecuencias de la impunidad que sufrían otras familias con las que, tal vez y al igual que cientos de miles de habitantes de la ciudad, no sentían relación alguna. Fue entonces cuando Vicente se convirtió en el primer asesino cuyo caso evidenció que el crimen nos estaba contaminando a todos y que la impunidad, que hasta ese momento había sido planteada como un problema exclusivo de las víctimas, era en realidad un conflicto colectivo: la falta de castigo estaba enviando el mensaje de que todo estaba permitido.

6

El sistema

EN LA MAÑANA del 6 de enero de 2005, seis hombres se movían nerviosos en el pequeño espacio asignado a los presos detrás de la rejilla de prácticas del Juzgado Séptimo en la cárcel estatal de San Guillermo, en la ciudad de Chihuahua. Hubo que llamarlos al silencio. Amontonados como fieras recién enjauladas detrás de la barrera metálica del tribunal, se arrebataban la palabra luego de recibir entre 24 y 40 años de cárcel por el homicidio de seis mujeres en Ciudad Juárez. Ellos se decían chivos expiatorios. Una voz enronquecida sobresalía entre las demás citando términos jurídicos y alegando que le habían sido violados todos sus derechos. Era José Luis Rosales Juárez, un zacatecano crecido en Juárez, de 28 años, detenido en 1996 y sentenciado a 24 años de cárcel esa mañana. "¡Cometites [sic] una irregularidad [sic], Suly Ponce! Llena de corrupción, por tus consignas que tenías por el procurador Chito Solís. ¡Adelante, Suly Ponce!", gritaba el reo desesperado. "¡Mis respetos para todas las au-

97

toridades, pero en lo personal actuates [sic] mal con este servidor, contra el cual obran imputaciones falsas."

Rosales Juárez y el resto de los procesados eran los presuntos integrantes de la banda conocida como Los Rebeldes, detenidos desde 1996 como probables autores de los homicidios de varias mujeres encontradas durante aquella década en los baldíos del Lote Bravo y en Lomas de Poleo, en Ciudad Juárez. Junto con otros acusados, como Abdel Latif Sharif, alias *El Egipcio*, y la banda de Los Toltecas, eran de los pocos reos detenidos como presuntos feminicidas y enfrentaban sus procesos en el penal estatal de la capital del estado. Los Rebeldes llevaban ya más de ocho años sin sentencia. Habían sido detenidos luego de que el Ministerio Público encabezado por Arturo Chávez Chávez asegurara que ellos y otros acusados recibían órdenes de *El Egipcio*, quien había sido detenido en 1995, dos años después de que empezaron a encontrarse los primeros cuerpos de mujeres asesinadas en la frontera. La versión de la Procuraduría era que, desde la cárcel, Sharif ordenaba a los choferes que siguieran cometiendo crímenes con el fin de probar que él no era culpable. De las acusaciones, sin embargo, el Ministerio Público sólo había aportado confesiones. Únicamente contra un reo, al que después obligaron a implicar a otros, había un testimonio sin denuncia de irregularidades.

Las sentencias contra los presuntos feminicidas, pospuestas durante casi una década, se dictaron en esos primeros días de 2005 sólo después del cambio de gobierno que, en 2004, renovó en Chihuahua a los poderes Ejecutivo —del que depende la Procuraduría y que controla de facto a los otros dos—, Legislativo y Judicial. El cierre de varios procesos penales de "alto impacto", la mayoría relacionados con los homicidios de mujeres registrados desde hacía más de 10 años en Juárez, fue una de las primeras acciones políticas del entonces nuevo gobernador José Reyes Baeza. Los casos habían desnudado al sistema penal del estado. La presión internacional había denunciado ante el mundo entero que no había acusaciones contra los presuntos feminicidas que estuvieran libres de inconsistencias. Una de las revisiones más críticas la había hecho una misión enviada por la Organización de las Naciones Unidas, la cual analizó específicamente las acusaciones penales en contra de Los Rebeldes, *El Egipcio*, Gustavo González Meza y Víctor García Uribe, estos últimos conocidos como *La Foca* y *El Cerillo*, presuntos asesinos de las ocho mujeres encontradas en 2001 en un campo algodonero. La conclusión de la ONU, presentada en noviembre de 2003, era contundente: en Chihuahua no existía la independencia judicial, y ésta era el núcleo esencial de la justicia y del debido proceso. La ONU especificó que los jueces locales de Juárez habían tendido a beneficiar, particularmente en casos de alto impacto, las acusaciones del Ministerio Público, lo cual violaba gravemente la garantía de imparcialidad de los procesados. Todas las acusaciones, agregó el reporte, carecían de pruebas científicas y se reducían a confesiones de las que invariablemente después se alegaba que habían sido emitidas bajo tortura. La secuencia de violaciones al debido proceso, remató la ONU, era un patrón común en los casos y los jueces debieron haber mandado investigar esas denuncias de atentados contra los derechos humanos. El meollo, agregaba el informe, era que, en un país como México, "donde reiteradamente se ha documentado que la tortura y la detención arbitraria son una práctica endémica de los cuerpos policiacos", la única forma de erradicar tales prácticas era con el rechazo de las pruebas que los jueces sospecharan que habían sido obtenidas a través de métodos ilegales.

Los seis presos de la banda de Los Rebeldes llegaron esa mañana de enero de 2005 a la rejilla de prácticas sin saber a qué iban, a través del pasillo que conduce de las crujías del penal de San Guillermo a los tribunales del fuero común del estado, en la salida sur de Chihuahua. Después de más de ocho años de estar encarcelados, finalmente escucharían las sentencias que les impusieron por la muerte de seis víctimas, incluidos dos cuerpos no identificados. El tribunal les impuso además multas de entre 20 mil y 27 mil pesos —menos de dos mil 500 dólares— por cada víctima, con base en el salario de cada una. Los acusados prácticamente no habían tenido defensa. Sólo uno de ellos, el único que fue exonerado, tuvo un abogado particular. Los demás habían conocido a sus representantes públicos ese mismo día, al final del juicio. Por eso, al concluir la lectura de las sentencias y al hablar con los reporteros antes de ser regresados a las celdas, todos querían hacer pública su inocencia. Rosales insistía y gritaba que incluso los testigos que lo habían incriminado habían sido detenidos ilegalmente por policías estatales y luego torturados para que declararan en su contra. Los demás recordaban a los reporteros que los agentes de la Procuraduría que los habían detenido, interrogado y procesado acababan de ser incluidos en una lista de funcionarios negligentes debido a las contradicciones que presentaban todos los expedientes. Rosales añadió que no les habían permitido defenderse. Él había contado con un abogado particular durante algún tiempo, pero lo había perdido por amenazas de la Procuraduría. "Les dicen:

'¿Quieres que te pase lo que a Mario Escobedo [abogado de *La Foca* y *El Cerillo*, asesinado en 2002]?'" Antes de ser retirado de la rejilla junto con los demás, Rosales alcanzó a hacer un llamado: "Háganle justicia a las mujeres de Chihuahua. No dejen que la injusticia y la impunidad triunfen".

A Los Rebeldes los juzgó Javier Pineda Arzola, entonces esposo de la recién nombrada procuradora Patricia González, y quien en esa saga de condenas y exoneraciones acababa de liberar a la cantante Gloria Trevi luego de cinco años de cárcel por su presunta participación en el rapto, corrupción y abuso de una oriunda de esta entidad.

Los miembros de la otra banda de presuntos homicidas seriales de mujeres, Los Toltecas, fueron sentenciados con pocos minutos de diferencia ese mismo 6 de enero de 2005 en el Juzgado Cuarto, ubicado a unos cuantos metros del Séptimo. Los cuatro reos escucharon sus sentencias igual que Los Rebeldes, apretados detrás de la rejilla de prácticas. En 1999 habían sido acusados de seis homicidios de mujeres en Ciudad Juárez, pero no había más pruebas en su contra que la declaración de uno de ellos, Jesús Manuel Guardado Márquez, alias *El Tolteca*, emitida también después de horas de tortura a manos de agentes estatales. Guardado Márquez era el único de los presuntos homicidas seriales que había sido identificado por una víctima y, con base en ese testimonio, aquella mañana recibió 63 años de cárcel por el homicidio de otras cinco mujeres, incluidas dos que aún no eran identificadas y que, por tanto, era prácticamente imposible determinar quién las había matado. No importaba. *El Tolteca* era acaso el único reo al que la sociedad juarense consideraba, si no un homicida serial, sí un agresor de mujeres. Lo incriminaba una joven que la noche del 19 de marzo de 1999 se había quedado sola con él en la unidad de transporte de personal de la maquiladora en la que trabajaba como chofer. Según la joven, esa noche Guardado la golpeó después de intentar violarla y la abandonó creyéndola muerta. Cuando lo entrevisté días después de la sentencia, Guardado negó la acusación y, de manera reiterada, dijo que cuando había admitido que no quería matar a la joven, sino sólo dejarla "dormida", era porque había sido obligado por los policías que lo interrogaron. Del resto de los casos que se le imputaban no había más pruebas. Pero, aun así, Guardado fue sentenciado como el máximo feminicida de Ciudad Juárez, y sus 63 años de cárcel fueron la mayor condena dictada en el estado por ese delito hasta entonces.

Guardado es juarense y estudió hasta sexto de primaria. En ese 2005 tenía 32 años y era padre de dos hijas y de un niño que crecían solos en Ciudad Juárez. Él tampoco conocía a su abogado, que le había sido asignado apenas el día de la sentencia. No medía más de 1.55 metros de estatura. Era delgado, de tez morena, y aquel día llevaba un suéter rojo descosido de un hombro. Estaba además sucio. Como el resto de los sentenciados, parecía una víctima. Después de su detención, sus tres pequeños hijos empezaron a rodar por varios albergues de Ciudad Juárez. En 2009, cuando los homicidios en Juárez se contaban por miles, sus dos hijas, ya adolescentes, terminarían asesinadas de una de las maneras más horrendas: arrastradas varios metros, torturadas y una de ellas ya sin ojos. La administradora de uno de los albergues me dijo, a propósito de ese doble homicidio, que ellas siempre creyeron que su padre era inocente y que la culpable de su desgracia había sido la madre, que a él lo entregó al gobierno a cambio de una recompensa y a ellas y a su hermano menor los abandonó a la puerta de la casa de la abuela paterna. Dentro de sendos ataúdes, *El Tolteca* vio por última vez a sus dos hijas, de 17 y 18 años, en uno de los patios del Cereso estatal en Juárez, adonde ya había regresado.

Días después de las sentencias del 6 de enero de 2005, José Luis Rosales Juárez sorprendió a los medios al convocar a una rueda de prensa en la cárcel. No se daba por vencido y quería presentar pruebas de su inocencia. Alto, delgado, entonces de 28 años, el reo había aplacado hacia atrás los rizos de su cabello negro y se había fajado una camisa de vestir entre el pantalón beige para recibir a los reporteros. Se defendería solo. Llegó a la diminuta sala de audiencias del penal estatal de Chihuahua con un sobre amarillo bajo el brazo y un ejemplar de la Constitución Política de los Estados Unidos Mexicanos. Llevaba también un Código de Procedimientos Penales del Estado y un escrito de su puño y letra en el que había enlistado las irregularidades y negligencias de su proceso y que, insistía en todo momento, "obraban en autos". Con un hablar ansioso y atropellado, Rosales Juárez aseguró que en 1996 había sido detenido a golpes y sin orden de aprehensión. El preso había estudiado sólo hasta quinto de primaria, pero se defendía impetuoso y trataba de leer a toda velocidad mientras citaba artículos y términos legales. Cuando le pregunté por qué no le había pedido a su defensor de oficio que aportara todos esos elementos durante el juicio, me respondió que apenas si recordaba el nombre de su representante y que, en las pocas veces que había hablado con él, éste le había dicho abiertamente que no conocía su expediente. "Investíguese a la lic. Suly Ponce Prieto, circunstancias por sus altos mandos y quienes le ordenaron que me reaprehendiera; obra en autos amparo 328/97, en el cual se ordena la libertad de José Luis Rosales Juárez por los artículos 14, 16 y 20 constitucionales", insistía Rosales ante los medios. Casi al final de la conversación dijo haberse enterado por su lectura de la Constitución de que los funcionarios públicos también podían ser procesados si cometían abusos o maltratos físicos contra un ciudadano. Lo decía como quien narra un descubrimiento. "Es una injusticia lo que estoy pasando, pero tengo confianza en Dios", dijo esa mañana de enero.

Poco después conocí a Abdel Latif Sharif, *El Egipcio*, así apodado por su origen y preso como responsable de la muerte de una adolescente de 17 años de nombre Elizabeth Castro. Como los demás, Sharif se encontraba en la cárcel de Chihuahua y, en sus años de encierro, no había cejado en su lucha por probar que era inocente. Llevaba el cabello extremadamente corto, peinado hacia delante. Era químico de profesión y en la cárcel había aprendido un español fluido. Su caso era otra colección de aberraciones: los restos presentados por la Procuraduría tenían características en cuanto a estatura y complexión muy distintas a las atribuidas a la víctima en su reporte de desaparición. No había además acusación alguna en su contra, salvo los testimonios de dos meseros de un bar del Centro de Ciudad Juárez llamado Joe's Place, que dijeron haberlo visto salir con la adolescente. Castro había desaparecido en agosto de 1995 en Ciudad Juárez y, cinco días después de que la familia presentara el reporte, la policía encontró un cadáver en avanzado estado de descomposición abandonado en un arroyo. Sin contar con una sola prueba, las autoridades aseguraron que se trataba de la víctima. Sharif fue detenido en octubre de ese año como presunto responsable de esa muerte, pero sería sentenciado ocho años más tarde, en 2003, cuando también se le ejecutó otra orden de aprehensión por más de media docena de crímenes. El caso de Sharif, uno de los más conocidos a nivel internacional, había sido también revisado por la ONU, que lo ubicó en el patrón de acusaciones basadas en confesiones emitidas bajo tortura.

Aparte de la corrupción, la falta de preparación de los policías investigadores de la Procuraduría de Chihuahua era tal en los años 90 que, en decenas de casos de homicidios de mujeres, los expedientes carecían de datos precisos para saber siquiera dónde estaban los cuerpos. Otro de los organismos internacionales que revisó tales expedientes fue el Equipo Argentino de Antropología Forense, el cual, también a principios de 2005, reportó que no había investigación que no presentara irregularidades, y que las deficiencias eran tantas que habría que empezar por identificar correctamente al menos medio centenar de cadáveres. La forma en la que habían sido inhumados los cuerpos era uno de los principales obstáculos para hacer justicia, decían las antropólogas argentinas: al menos 30 víctimas habían terminado en la fosa común, enterradas en bolsas de plástico, sin rótulo y sin dato alguno que permitiera un posterior reconocimiento. Era incluso posible, advirtieron las forenses, que con paso del tiempo las bolsas plásticas se hubieran roto y que los restos óseos de distintas personas se hubieran mezclado unos con otros. Esa misma investigación reportó que, en muchos casos, los agentes del Ministerio Público no seguían las pistas que tenía cada cadáver para lograr su identificación. Un expediente de 1994, ejemplificaban las argentinas, describía que la víctima llevaba un anillo con una serie de iniciales y la inscripción "Academia Comercial Hidalgo. GEN II, año 1987". Pero, pese a los datos, el cuerpo fue enterrado un mes después de haber sido encontrado y en la investigación no volvió a realizarse diligencia alguna sino hasta 10 años después, cuando a un agente se le ocurrió solicitar información a la escuela sobre los egresados de 1987.

Ante la negligencia de la Procuraduría en la investigación de los feminicidios, la presión internacional condujo en 2003 a una supuesta intervención del gobierno federal que, en julio de ese año, asumió públicamente la responsabilidad de investigar, esclarecer y castigar los casos, y el 30 de enero de 2004 creó un órgano llamado Fiscalía Especial para la Atención de Delitos Relacionados con los Homicidios de Mujeres en el Municipio de Juárez. Sin embargo, la nueva dependencia del presidente Fox terminaría por revisar únicamente cierta cantidad de expedientes y, desde entonces, determinó que las inconsistencias eran tales que había casos que serían "imposibles de resolver".

La fiscalía federal, entonces a cargo de la abogada María López Urbina, concluyó que las investigaciones de la Procuraduría estatal, principalmente las de principios de los años 90, habían carecido de "elementos que permitieran un posterior perfeccionamiento" de cada averiguación previa. En los expedientes revisados, concluyó López Urbina, era común observar errores, como el hecho de que los diversos agentes del Ministerio Público no tomaban declaración a quienes descubrían los cuerpos.

Sin embargo, no todo estaba perdido en el ánimo del gobierno federal. Para "contribuir a combatir la impunidad", la fiscalía dio a conocer en julio de 2004 una lista de 81 funcionarios de la

Procuraduría estatal que, en los 10 años revisados, habían actuado con omisión y que por tanto eran probables responsables de haber impedido el acceso a la justicia por parte de las familias de las víctimas. No obstante, la responsabilidad de procesar a los funcionarios "negligentes" sería de la misma Procuraduría de Chihuahua, la cual meses después determinó que únicamente cinco de esos investigadores podrían tener responsabilidad penal, entre ellos Suly Ponce, de quien se quejaba Rosales Juárez. De acuerdo con la Procuraduría estatal, el resto de los funcionarios enlistados habían sido negligentes por simple falta de preparación o de herramientas para realizar su trabajo. A pesar de ello, las acusaciones que presentaron esos "negligentes" fueron la base para las sentencias dictadas contra *El Egipcio*, Los Rebeldes y Los Toltecas.

No todos los acusados de feminicidio fueron hallados culpables en esa serie de sentencias dictadas con el cambio de gobierno en Chihuahua. Un matrimonio de artesanos jóvenes y de aspecto *hippie* que habían sido detenidos en la ciudad de Chihuahua en mayo de 2003, acusados del homicidio de una adolescente encontrada semanas antes, estuvieron entre los primeros juzgados, pero se les declaró inocentes. Se llaman Cynthia Kiecker y Ulises Perzával, procesados por el asesinato de la joven Viviana Rayas, quien había desaparecido en la capital del estado en marzo de ese año. Los abogados particulares de la pareja tenían más de un año y medio alegando que la acusación se basaba en una presunta confesión y en las declaraciones de dos testigos, y que todos habían sido torturados. Nada, sin embargo, sería de ayuda sino hasta la entrada del nuevo gobierno, cuando se dictaron las sentencias. Kiecker era norteamericana y, además de la presión ejercida por el gobierno de Estados Unidos, su familia pagó más de 180 mil dólares por los servicios de un despacho de abogados de Chihuahua, el cual logró probar que todas las declaraciones habían sido rendidas de manera ilegal y que la investigación tenía graves inconsistencias. La pareja fue exonerada en diciembre de 2004 e inmediatamente abandonó México.

Las narraciones de los métodos de interrogación contenidas en el expediente de Kiecker y Perzával parecían sacadas de algún archivo de la guerra sucia del México de los años 70. Uno de los testigos había sido "levantado" la tarde del 31 de mayo de 2003 en una calle del Centro de Chihuahua, donde trabajaba haciendo dibujos y hasta donde llegó un grupo de hombres vestidos de civil a bordo de una camioneta blanca. Eran policías estatales que, con insultos, lo obligaron a subir al vehículo y lo trasladaron a la antigua Academia de Policía de Chihuahua. "Ahí me torturaron con una toalla de baño, me quisieron estrangular, primeramente me dijeron que si conocía a Ulises y yo les respondí que sí, y luego me preguntaron que si conocía a Viviana, yo les dije que no. Sacaron la foto de la muchacha, yo les dije: 'No la conozco'." Entonces los policías le dijeron abiertamente que querían que declarara que Ulises y Cynthia habían matado a Viviana. "Me hablaban de una fiesta. El agente me gritaba: 'Mira, no te hagas pendejo, no quieres decir la verdad', pero yo le decía: '¿Cuál verdad?', ya que no sabía de qué se trataba, y me dijo: '¿Verdad que le dio con un tubo?' Yo le decía: 'No sé', y me volvía a torturar de nuevo. Me rociaron de agua y me chicharrearon el cuerpo, en la espalda y en mis partes; sentí miedo y dije que sí, sí le dio con un tubo." El testigo agregó en su relato que ese mismo día, en la zona de literas de la vieja Academia de Policía, se había encontrado con Cynthia, una joven pelirroja de cabello largo que, llorando, le dijo que ella no sabía nada, que habían llegado a su casa en la madrugada y que, tras derribar la puerta, la habían arrastrado casi una cuadra hasta que la subieron a una camioneta, donde le cubrieron la cabeza con una bolsa. En esa zona de la Academia se encontraron luego con el resto de los testigos. Todos habían pasado la noche esposados al tubo de las literas. Al día siguiente, sacaron a Cynthia de la habitación y minutos después regresó llorando, enloquecida: había visto a Ulises golpeado, con una rodilla muy inflamada y marcas negras en el estómago. Eran quemaduras. El sonido de la electricidad al hacer contacto con el agua en los cuerpos humanos a través de una chicharra dominaba la habitación. Un ruido, dijo el testigo en su declaración, que jamás podría olvidar.

La tortura no había sido la única violación a la justicia en ese caso. Los abogados de la pareja pudieron probar también inconsistencias relacionadas con la forma en que la Procuraduría había encontrado e identificado el cuerpo, y más tarde ubicado a los responsables. Uno los partes policiacos, por ejemplo, reportaba que Ulises Perzával estaba siendo investigado desde un día antes de la identificación del cadáver de Viviana. Las irregularidades eran las mismas que presentaban el resto de las acusaciones contra presuntos homicidas de mujeres que fueron juzgados ese invierno en la ciudad de Chihuahua. Con todo, pocos procesados tuvieron los recursos con los que contó Cynthia Kiecker para defenderse. Uno de los abogados de la pareja, de nombre Miguel Zapién, me comentó entonces que la diferencia entre la libertad y la cárcel para una persona en México era el dinero. Los casos que enfrentaban los presuntos feminicidas, además, dijo, se habían convertido en "casos de Estado" y los acusados tenían todo el aparato de procuración e impartición de justicia en su contra. "Si [Cynthia] no hubiera sido norteamericana, todavía estaría en la cárcel. Rara es la persona en México que hubiera tenido esas cantidades para defenderse", señaló Zapién. Casi la mitad de los reos del estado contaban sólo con defensoría pública. En Ciudad Juárez, 10 defensores de oficio llevaban en ese entonces una carga de aproximadamente tres mil expedientes por diversos delitos, es decir, casi 300 cada uno.

La exoneración de Kiecker y Perzával fue un acto de justicia, pero significó otro golpe para la familia de la víctima, que se quedó como al principio de la investigación: sin una explicación de lo que le había pasado a su hija y sabiendo que el culpable seguía libre. Cirilo Rayas, el padre de la joven Viviana, era líder de los burócratas de una oficina federal y había logrado ejercer cierta presión sobre el gobierno estatal anterior. "Pero si Kiecker y Perzábal no son los asesinos, alguien falló aquí, y fue la Procuraduría. Ellos fueron los que dijeron que ellos eran los asesinos", me comentó Rayas una fría mañana de diciembre de 2004, durante una entrevista en una cafetería del Centro de Chihuahua. Rayas dijo también sentirse presa de un engaño. Ni siquiera el resultado de la prueba de ADN con que identificaron el cuerpo era confiable.

Todos los que tenían que entrar en contacto por alguna razón con el sistema penal del estado de Chihuahua reportaban la peor experiencia de sus vidas: las víctimas no tenían justicia, los detenidos carecían de garantías y pruebas legales en su contra

—por lo que era altamente probable que los verdaderos homicidas siguieran libres— y la sociedad, mientras, no sabía en realidad qué era lo que estaba ocurriendo.

Yo me había podido asomar a ese oscuro pantano entre noviembre de 2004 y marzo de 2005, cuando fui asignada a la corresponsalía de *El Diario de Juárez* en Chihuahua, 360 kilómetros al sur de la frontera. A la par de las sentencias contra los presuntos feminicidas detenidos en los 90, en ese periodo arrancaron en esa ciudad las gestiones políticas para realizar una reforma constitucional que sustituiría los juicios penales escritos —como los seguidos contra Los Rebeldes y Los Toltecas— por juicios orales, que, a diferencia de lo que había ocurrido hasta ese momento, privilegiarían la presunción de inocencia y, por ende, se ofrecían como el fin de la tortura. La cobertura de ambos procesos me mantuvo entonces entre la cárcel, la Procuraduría y los tribunales y, en esos cuatro meses, conocí el lodazal de uno de los sistemas de justicia más cuestionados en el mundo.

A finales de 2004, un abogado llamado José Chávez Aragón acababa de asumir la presidencia del Supremo Tribunal de Chihuahua. Moreno, delgado, con lentes, bigote y cabello acicalado, había sido un juzgador polémico. Hacía apenas dos años que, como magistrado, había exonerado a siete policías judiciales de Juárez presuntamente involucrados en el asesinato del abogado Mario Escobedo, defensor de *La Foca* y *El Cerillo*. Chávez Aragón, no obstante, liberó a los agentes sospechosos sin conocer el fondo del asunto, sino con base en un mero tecnicismo. "En Juárez negaron una orden de aprehensión contra esos judiciales, y el Ministerio Público no apeló, y si no apeló, pues la orden ¡se pierde!", dijo en una entrevista.

Era mediados de noviembre de 2004 y el abogado estaba apenas instalándose en su nueva oficina en el Supremo Tribunal de Justicia. Se movía afanoso en su silla, clasificando carpetas cuyos títulos leía antes de guardarlas en el escritorio. Con frecuencia levantaba la mano derecha como si diera un discurso y enfatizaba las sílabas tónicas de algunas palabras con el fin de parecer más solemne. Decía, por ejemplo, que el Ministerio Público era el "*garante*" de la legalidad. Cuando mencioné los cuestionamientos de la ONU respondió que, como acababa de llegar a la oficina, no conocía el reporte. Le dije entonces que el organismo advertía que en Chihuahua había una grave falta de independencia del Poder Judicial con respecto al Ejecutivo.

—No. Es terrible dar línea —respondió.

—¿Por qué lo dice?

—Ah, porque yo fui juez, y que le digan a uno en ese sentido, ¡no, señor!

—¿Se lo decían?

—No, a mí nunca me dieron línea, porque yo no lo permitía.

—¿Y por qué dice que es terrible?

—Bueno, me imagino…

Chávez Aragón era el clásico político mexicano. Negaba con una frescura casi graciosa que en esta entidad se pudieran dar prácticas como la creación de chivos expiatorios o la tortura.

—¿Para qué? ¿Se imagina qué Estado de Derecho tendríamos? Sería absurdo, sería la selva, la vorágine, sería el caos —me dijo.

—¿Y no lo es? —le pregunté.

—No, no lo es. Discúlpeme, pero no lo es. El Ministerio Público no es lo que la gente cree, no es el implacable persecutor.

El Ministerio Público es el garante de la legalidad, que vela por que en la cárcel no vaya a estar un inocente, y por que en la calle no vaya a estar un culpable.

El diagnóstico que los jefes como Chávez Aragón tenían de las instituciones no sólo contrastaba con la forma en que habían sido juzgados los presuntos feminicidas. Lo peor era que esos casos tan ilegalmente armados eran de los pocos que registraban de manera oficial algún avance en la investigación.

Una funcionaria del Poder Judicial que también acababa de ser nombrada en su cargo ese año, y la literatura que circulaba entre los abogados locales por el inicio del nuevo sistema de justicia penal, me explicaron las diversas etapas del proceso y la forma de medirlas estadísticamente para detectar los puntos críticos de la cadena. El resultado, con base en las cifras del gobierno municipal de Juárez, el Ministerio Público y el Poder Judicial de Chihuahua, reflejaba que el delito en esta frontera se encontraba en una impunidad casi total: para ese 2004, sólo 20 de cada 100 delitos se denunciaban o contaban con un expediente de investigación, mientras que el resto se quedaban sin reporte y componían lo que diversos autores llamaban la "cifra negra". De ese reducido universo de casos que tenían expediente, en sólo 13 de cada 100 se encontraba a un probable responsable y pruebas para acusarlo —la cifra descendió hasta el 3 por ciento con la entrada de la reforma, en 2008—, por lo que ésa fue la cantidad de expedientes que llegaron ese año a los juzgados, donde, a su vez, sólo el 14 por ciento de los acusados recibió sentencia.

El autor Guillermo Zepeda Lecuona, del Centro de Investigación para el Desarrollo, propone un ejercicio comparativo de las cifras del proceso penal en un libro titulado *Crimen sin cas-*

tigo, donde plantea la estadística como una forma de aproximarse al fenómeno de la impunidad y diagnosticar el estado de la procuración de justicia en México. Zepeda menciona que los niveles de "cifra negra" que había en el país, de un 25 por ciento, lo situaban apenas por encima de naciones como Kazajstán o Kirguistán, donde sólo 21 de cada 100 víctimas interponían denuncia, como ocurría en Ciudad Juárez. Otra cifra que mostraba las carencias del sistema penal era la cantidad de agentes investigadores disponibles. La información oficial de Juárez indicó que había sólo 10 elementos para investigar todos los delitos, entre homicidios y lesiones, que se registraban cada año. En ese 2004 había habido 310 casos de muertes violentas —ya fueran asesinatos dolosos o imprudenciales, como los accidentes viales—, y a la carga promedio de 31 expedientes al año por agente se sumaban otros miles de casos por lesiones. La ciudad de Chihuahua, en cambio, con poco más de la mitad de población de Juárez y una carga menor de expedientes, contaba con 15 agentes para investigar el mismo tipo de delitos.

A todo ese panorama se añadía la endémica corrupción de los agentes policiacos, como los 13 que para ese momento estaban formalmente acusados de trabajar para el cártel de Juárez y los 81 funcionarios señalados por el gobierno federal por su negligencia en las investigaciones de los homicidios de mujeres.

La monstruosidad de la corrupción y la ineptitud que imperaban en la Procuraduría estatal contrastaban con la figura extremadamente menuda de la mujer que, en ese contexto de presión internacional por la falta de justicia para el género, fue nombrada para encabezar la cuestionada dependencia en ese 2004. Se trataba de Patricia González, una abogada con maestría en Ciencias Jurídico Penales y ex jueza que, en una entrevista, mencionó que una de sus políticas sería la especialización y la introducción de tecnología, sobre todo forense, a las investigaciones. Otra, dijo, era la reforma integral al sistema de justicia penal. La mujer advertía también que el estado de la persecución del crimen en Chihuahua, y sobre todo en Ciudad Juárez, se hallaba en crisis porque había desorden administrativo y falta de manuales de investigación, pero no se lo atribuía a la corrupción o a la ineficiencia. El problema, apuntó, se debía a una "crisis de décadas" y "mundial" en los mecanismos de procuración de justicia. La culpa de tal crisis, en resumidas cuentas, no la tenía nadie. "Y no es producto de un solo factor, sino multifactorial", agregó la mujer. Todo era cuestión de técnica, aseguraba. Debía haber recursos económicos, más personal pericial especializado, laboratorios, una policía verdaderamente científica. Todo un avance con respecto a lo que había antes. "Eso es lo que le va a dar a la gente seguridad y certeza de que la investigación criminal se está eficientizando [sic], y que no es necesario obtener confesiones para declarar culpables a las personas, que para eso sirven la ciencia y la técnica, o la tecnología avanzada. Creo que eso es un avance muy significativo y, bueno, la historia lo juzgará", concluyó González.

El gobierno de Estados Unidos estaba más que listo para patrocinar todos los esfuerzos de la nueva procuradora, que desde entonces era el contacto con la Agencia de los Estados Unidos para el Desarrollo Internacional (USAID) rumbo a la aplicación de una reforma del sistema de justicia, cuya transformación más visible sería la sustitución de los procesos escritos por juicios orales y la presunción de inocencia como principio fundamental. El financiamiento fue hecho público en febrero de 2005 en Ciudad Juárez por el entonces embajador norteamericano Antonio Garza. Así, después de años de estar en la mira de todo el mundo por corrupto, omiso y negligente, el sistema de justicia penal de Chihuahua encontraría por fin una solución a su desastre con una intervención abierta del gobierno norteamericano.

Los borradores para lo que sería el nuevo compendio de leyes penales en Chihuahua y los documentos que exponían la teoría del nuevo sistema acusatorio incluían la oferta de eliminar el valor probatorio de la confesión y, por ende, las prácticas de tortura. La nueva ley no permitiría a los jueces tomar en cuenta tales autoincriminaciones. La principal prueba ahora sería la ciencia, la criminalística, como se veía en las películas de Estados Unidos. La intención fundamental, especificaba el borrador de la ley, era que la transparencia, la oralidad y el equilibrio de las partes crearan la percepción de mayor legitimidad en el sistema, con lo que aumentaría la capacidad del Estado para resolver los conflictos y mantener la armonía y la paz social.

La USAID contrató en México a una organización llamada Proderecho para hacer los análisis legales y compendiar toda la bibliografía disponible sobre el tema. Luego se produjeron discos compactos que fueron distribuidos entre abogados y legisladores. El compendio incluía un "Análisis de la situación actual del sistema de procuración e impartición de justicia en México", que enlistaba las principales deficiencias de la forma en la que, en general, se llevaban a cabo los procesos judiciales en el país hasta entonces: por escrito, casi en secreto y en lugares donde físicamente no existía espacio para el público. "Es tan fuerte la tradición del proceso escrito, que la mayor parte de las audiencias transcurren mientras los funcionarios judiciales transcriben documentos en tanto que el procesado observa sin poder comprender lo que sucede en un acto que le resulta sordo, sin sustancia y alejado de su esperanza de un debido proceso legal", decía el análisis. El documento agregaba que los jueces rara vez veían al inculpado o a los testigos que lo acusaban, a los peritos o a cualquier otro involucrado en el proceso. La documentación era extensa y planteaba que el sistema penal "acusatorio" se basaba en la valoración de las pruebas y en la presunción de inocencia de los acusados hasta el final de los procesos, lo cual implicaría mantener a varios sospechosos en libertad mientras el Ministerio Público no probara sus cargos. La teoría explicaba también que el sistema "inquisitivo" que se tenía hasta el momento en Chihuahua y en el resto de México provenía de sociedades monárquicas absolutistas que ya no existían y que, además, había sido concebido para proteger al Estado, no a los individuos. Aparte, el viejo sistema consideraba la confesión como la reina de las pruebas.

El mundo judicial vivía una especie de revolución en esos días en la capital del estado. En los salones del Palacio de Justicia, donde Chávez Aragón había asegurado que en Chihuahua no existía la tortura, se dictaban conferencias con expertos extranjeros, la mayoría españoles, que hablaban abiertamente sobre el arcaísmo del sistema penal en general. Ideas como la importancia de la justicia para la salud de las democracias se discutían durante horas en los salones con decenas de interesados. Una doctora en Derecho por la Universidad de Salamanca, de nombre Nieves Sanz, provocó gestos de desaprobación por parte de funcionarios como Chávez Aragón cuando, con un hablar vigoroso, explicó que el carácter inquisitivo del Código Penal de Chihuahua quedaba evidenciado con el hecho de que la lista de delitos a perseguir empezaba con aquellos que atentaban contra "la seguridad del Estado", como la rebelión, mientras que la privación de la vida quedaba tipificada como ilícito 87 artículos más adelante. La ley, entonces, no planteaba como prioridad la protección de la vida, sino la supervivencia del Estado. Una democracia debía empezar por defender los bienes del individuo, de los cuales el fundamental era la vida, insistió Sanz, por lo que el homicidio debería encabezar la lista de ilícitos que el Código ordena perseguir y castigar.

En los tres años siguientes, Chihuahua se convirtió en el primer estado de la República Mexicana en aplicar ese sistema para todos los delitos. Dadas las condiciones en las que se encontraba la procuración de justicia en la entidad, las cuales correspondían perfectamente a la descripción del arcaico sistema "inquisitivo", la transición a un sistema "acusatorio", respetuoso de los derechos humanos y que ofrecía erradicar la tortura, no podía parecer más alentadora.

La duda, sin embargo, era básicamente una: ¿a cambio de qué invertía dinero Estados Unidos para cambiar el sistema penal de una entidad como Chihuahua? La respuesta estaba en la documentación de los diversos organismos internacionales, como la USAID y el Banco Mundial, que financiaban reformas judiciales no sólo en Chihuahua o en México, sino en toda Latinoamérica. El propósito, como ocurría en el sistema "inquisitivo", no era la protección de la vida humana sino, en este caso, la consolidación del modelo económico de libre mercado, la cual podría verse obstaculizada por las debilidades institucionales de un sistema de justicia lento y arcaico. Ése fue el motivo —decía el texto "Lecciones aprendidas: introducción de los juicios orales en Latinoamérica", elaborado por el Banco Interamericano de Desarrollo (BID)— por el que los organismos internacionales se habían propuesto reformar los aparatos judiciales en la parte pobre del continente: "Se han podido comprobar los nocivos efectos que las inestabilidades institucionales, de las que no quedan ajenos los poderes judiciales, causan por ejemplo en los volúmenes de la inversión extranjera. Por otra parte, el propio fenómeno de la evolución económica implica la incorporación de nuevos sujetos a la vida económica formal del país, con la consiguiente demanda por servicios judiciales que, tal como están hoy concebidos, presentan serias limitaciones al acceso".

Una y otra vez, la bibliografía mencionaba la prioridad de la "gobernabilidad para el desarrollo económico" que ofrecería el nuevo sistema penal. El crecimiento experimentado por nuestras economías, continuaba el análisis del BID, se caracteriza por transacciones comerciales abiertas y competitivas, por lo que las debilidades institucionales de los países latinoamericanos, en particular las trabas de sus sistemas de justicia, podrían causar inestabilidad en las relaciones jurídicas y, por ende, aumentos en los costos de operación. En síntesis: los sistemas penales como el de Chihuahua eran un posible obstáculo para la consolidación del modelo económico. Juárez seguía siendo una ciudad prioritaria para la inversión en Norteamérica. Por eso Estados Unidos estaba rescatando su sistema de justicia.

Pero la instauración de un sistema penal que privilegiaba el mercado por encima de la vida de los individuos no tenía buenos antecedentes. Uno de los conferencistas que participó en los debates de ese invierno en Chihuahua fue el argentino Roberto Bergalli, profesor de Sociología del Derecho en la Universidad de Barcelona y director del Instituto Internacional de Sociología Jurídica en la misma escuela. En una entrevista, advirtió que la participación de Estados Unidos en las reformas judiciales de varios países latinoamericanos había sido del todo negativa. Habían sido justo esas intervenciones, recordó Bergalli, las que formaron a los militares que dieron los golpes de Estado en Brasil, Uruguay, Chile y Argentina. "La impunidad y la injusticia que reina en otros países es manifiesta. Los genocidas siguen caminando por las calles y haciendo sus cosas. Los grandes defraudadores del erario público siguen igual. Entonces: no sé cuál es la supuesta ayuda o la asistencia que puede procurar la presencia no sólo de expertos, sino de recursos para afianzar esa implantación de una reforma en estos aparatos", señaló Bergalli cuando le pedí su opinión sobre el financiamiento de Estados Unidos a la reforma en Chihuahua. "No sé qué pasa en Chihuahua ni qué va a pasar, pero conozco experiencias semejantes en América de intervención de recursos extranjeros para llevar a cabo estas reformas, penales y de otros órdenes. Conozco el caso de Guatemala, el de El Salvador, Perú o Nicaragua; son reformas judiciales, algunas penales, otras mercantiles, porque es natural, comprensible, aunque injustificable, que los recursos de los países poderosos allanen el camino para la presencia de sus actividades empresariales", dijo el especialista.

El pasado del sistema penal de Chihuahua estaba lleno de fracasos al momento de cumplir su función de castigar el delito. En el futuro —como indicarían las estadísticas de 2008 a 2010, cuando se registraron más de siete mil homicidios y avances en menos del 3 por ciento de los casos— tampoco habría elementos para considerar que la protección a la vida humana a través del castigo a los criminales fuera finalmente a concretarse. Hacerlo, no obstante, era prioritario. El sistema penal debía funcionar necesariamente si el Estado se proponía combatir la violencia desde la raíz, pues de lo contrario no haría más que alentarla.

Volví a escuchar ese significado de la impunidad, similar al que había expresado Vicente hacía casi un año, en febrero de 2005. En esa ocasión fue Yakin Ertürk, relatora de la ONU sobre Violencia contra la Mujer, quien lo explicaba. "La impunidad es un factor que ha contribuido a perpetuar los homicidios y la violencia [...]. El que un crimen quede impune lo hace más fácil para quienes están cometiéndolos", observó Ertürk durante una breve entrevista en el Palacio de Gobierno de Chihuahua, a su salida de una reunión con el gobernador José Reyes Baeza y la procuradora Patricia González. La funcionaria internacional había llegado ese día a la entidad a fin de conocer el plan de trabajo del nuevo gobierno con respecto al feminicidio en Juárez. "El gobernador parece estar poniendo énfasis en terminar con la impunidad, lo cual, creo, es un buen comienzo", agregó. La impunidad era el centro del problema, insistió una y otra vez ante cada pregunta mientras caminábamos por el pasillo del segundo piso del Palacio, rumbo a la escalera. Cuando le pregunté qué creía que estaba ocurriendo en general en Ciudad Juárez, me respondió que, a partir de los muchos informes internacionales que se habían elaborado sobre el feminicidio, uno de los problemas centrales era la falta de castigo que dejó impunes cientos de crímenes y que contribuyó a la propagación del fenómeno. "Aún estoy tratando de entender", comentó la funcionaria turca. "Claro que hay numerosos reportes, y uno de los temas principales que se observan entre líneas es el asunto de la impunidad, el que estos hechos no sean propiamente investigados, que queden sin resolver, y que ha contribuido a la expansión del problema." Mientras la impunidad no fuera erradicada, insistía, todo tipo de crímenes y de violencia podrían dar paso a una especie de estilo de vida que luego sería aún más difícil de resolver. La idea medular era que la impunidad neutraliza el delito y, de crimen, lo convierte en hábito.

7

Artistas Asesinos

COMO VICENTE LEÓN, *El Saik* fue detenido un 21 de mayo, pero dos años antes, en la primavera de 2002. Por ese entonces tenía 19 años y había participado en un homicidio. La tarde de aquel día llegó hasta su casa un grupo de policías judiciales del estado con una orden de arresto porque esa madrugada, decían los investigadores, *El Saik* había disparado desde un auto en movimiento contra los tripulantes de un vehículo en el que iba Nelson Martínez Moreno, un nativo de El Paso, también de 19 años, que terminó muerto. El crimen ocurrió en la calle Vicente Guerrero, en la parte norte y vieja de Ciudad Juárez. *El Saik* interceptó a sus víctimas a la altura de la calle Brasil y de inmediato empezó a dispararles. A Nelson le dio en la frente; a uno de los acompañantes, en el antebrazo izquierdo, y al otro apenas le rozó la espalda. Los dos últimos sobrevivieron y fueron quienes lo identificaron como el autor del ataque. Sabían dónde vivía y lo declararon ante el Ministerio

Público. Sólo fue cuestión de horas para que detuvieran a *El Saik* en su casa.

El Saik era el sobrenombre de Éder Ángel Martínez Reyna, un joven que vivía en la calle Durango, en el fraccionamiento Bosques de Salvárcar, en el suroriente de Juárez. Desde niño, *El Saik* enloquecía a su madre al escapar por periodos en los que ella terminaba pegando su foto en las paredes de los alrededores para localizarlo. Estaba en la escuela, pero nada lo mantenía lo suficientemente excitado como vagar por las calles, por lo que pronto se vio involucrado en diversos asaltos y empezó a ser recluso frecuente de la Escuela de Mejoramiento Social para Menores. Sólo el dibujo le apasionaba tanto como el delito, y en ocasiones pasaba horas bosquejando en su cuaderno las imágenes de su mundo interior hasta que sentía que le faltaba el espacio. Su casa era de una planta con dos recámaras de ocho metros cuadrados, un baño y un área común de sala-comedor y cocina. Permanecer largos ratos en la calle era por tanto inevitable. Sin embargo, cuando *El Saik* crecía en la década de los 90, en el suroriente no había zonas deportivas ni bibliotecas ni teatros ni ningún otro lugar en el que los chicos de su edad pudieran ampliar su universo. Sólo estaban las calles, donde miles de viviendas del tamaño de la suya se multiplicaban como otro producto de manufactura hasta que terminaban abruptamente junto a algún lote baldío o el muro de alguna maquiladora, como ocurría justo afuera de la casa de *El Saik*, donde se encuentra el Parque Industrial Intermex y donde el rótulo verde-agua de la planta Siemens aún domina parte del panorama. Ahí están también las plantas de Motorola, General Electric, Honeywell y otras.

Alrededor de Intermex y de otros parques industriales, por la calle Durango y a lo largo de la avenida de Las Torres, hay otras zonas habitacionales, como Horizontes del Sur, Villas de Salvárcar, Torres del Sur, Paseo de las Torres, Valle Dorado, Juárez Nuevo, Las Dunas, Rincón del Sol, Parajes del Sur, Ampliación Aeropuerto, Morelos I, II, III y IV, y varias más. Todas se construyeron en torno a las maquiladoras y, con los años, se fueron mezclando con plazas comerciales, otras colonias viejas y escasamente urbanizadas —como Solidaridad, Los Alcaldes, Zaragoza o Salvárcar—, y cientos de espacios vacíos de diversos tamaños que fueron quedando en medio del crecimiento urbano. El resultado fueron decenas de barrios fragmentados como islas divididas por un mar de dunas y basura que, por la inseguridad, hicieron letales los trayectos a pie y eliminaron del espacio público cualquier elemento que pudiera generar cohesión o fortalecer la identidad. La belleza del desierto se redujo a un escenario cada vez más disperso y sucio, incapaz de provocar algún sentimiento de afecto.

En tal entorno, y con la falta de espacios para el desarrollo social o comunitario, pronto miles de adolescentes y niños como *El Saik* se adueñaron de las calles del suroriente en grupos que, en un inicio, en los albores de la década de los 90, se congregaban sólo para conversar, patinar o bailar *break-dance*. Luego empezaron a ponerse nombres como Los Bufones, SWK, CVS, Barrio del Silencio, Los Quinteros o Los Guasones, y en poco tiempo sus miembros ya estaban disputándose el territorio a través de grafitis. Ganaban quienes lograran "rayar" su apodo el mayor número de veces en las calles. La competencia era conocida como "varo", y pronto las principales avenidas empezaron a verse llenas de signos de caligrafía incomprensible. También en muy poco tiempo, la violencia se integró como un elemento inherente a tales disputas. Uno de los lugares de reclutamiento de Los Bufones, por ejemplo, eran las viviendas vacías de los alrededores de la Secundaria Técnica 60, ubicada sobre la avenida Jilotepec y donde los aspirantes —entre ellos varios alumnos de la escuela— se ganaban el acceso a la "ganga" midiéndose en peleas a puños con otros de su estatura. Estas pruebas de ingreso fueron luego sustituidas por atracos a varios establecimientos comerciales y, para inicios del presente siglo, los adolescentes ya contaban con armas de fuego. Luego surgieron los asaltos a maquiladoras y las riñas campales con las que durante años asolaron el suroriente, donde impusieron los primeros toques de queda entre los vecinos. Así, el más natural de los pasos fue el homicidio y, en pocos años, los chicos de ese sector se convirtieron en la mayoría de los adolescentes infractores de toda la ciudad.

El suroriente es la zona a la que los investigadores sociales locales se refieren como "Ciudad Nueva" o "Ciudad Sur", adonde los gobiernos municipales y estatales dirigieron la demanda de vivienda de los empleados del *boom* maquilador de mediados de los años 80 y de toda la década siguiente, periodo en el que la ciudad —donde se ocupaba a más de tres de cada 10 empleados de la industria en todo el país— registró un fuerte incremento poblacional: de menos de 600 mil a más de un millón 200 mil habitantes.

La demanda de vivienda que ocasionó la explosión demográfica generó diversos fenómenos de apropiación del suelo por parte de la nueva población. La zona poniente, por ejemplo, fue ocupada por medio de invasiones de colonos que, a cambio de votos, recibieron terrenos irregulares en zonas prácticamente inaccesibles, como la parte baja de la Sierra de Juárez, que a la fecha carece de pavimento en su mayor parte. Los moradores de la zona suroriente de la ciudad, por otro lado, accedieron a sus viviendas a través de créditos formales, de manera que tuvieron algunos indicadores urbanos de mayor calidad, sobre todo pavimento, alumbrado público, agua y drenaje. Pero, al igual que en el poniente, una gran parte de los habitantes de ese otro extremo eran empleados de las maquiladoras y de otros giros dependientes de la industria, por lo que nunca ganarían más de dos salarios mínimos, es decir, unos 700 pesos, o entre 60 y 70 dólares a la semana. Las autoridades no se preocuparon por dotarlos de los servicios necesarios para su desarrollo social, como escuelas, guarderías, hospitales o transporte, a diferencia del trato que recibió la industria, la cual dispuso de amplias y estratégicas avenidas para sacar su producción a los cruces internacionales. Para los obreros, en cambio, jamás se construyeron banquetas a lo largo de esas grandes calles, y las pocas áreas de esparcimiento que las empresas constructoras dejaron en los fraccionamientos muy pronto quedaron reducidos a lotes secos y sucios con columpios y otros juegos oxidados.

Tal entorno físico y social tenía sus explicaciones. La urbanización del suroriente inició cuando dos ex alcaldes priistas, Manuel Quevedo y Jaime Bermúdez, aprovecharon la explosión demográfica de la industria maquiladora —de la que Bermúdez fue además uno de sus principales impulsores— y, en diciembre de 1977, compraron casi siete mil hectáreas ubicadas en los alrededores del aeropuerto local, superficie que prácticamente representaba la extensión de toda la ciudad. Quevedo tenía apenas tres meses de haber tomado posesión en su cargo, y Bermúdez —quien se convertiría en alcalde en 1986— era el nuevo tesorero del gobierno municipal. Para los dos políticos y terratenientes, el negocio empezó de inmediato y, en los siguientes 30 años, dirigieron hacia sus propiedades el crecimiento urbano y los recursos públicos para infraestructura como agua, drenaje, luz y vialidades, servicios muchas veces gestionados en oficinas públicas en las que, gracias a su poder económico y político, Quevedo y Bermúdez colocaron a empleados de sus empresas inmobiliarias o constructoras. Ese mismo poder les permitió forzar la apertura de nuevas zonas susceptibles de construcción cada vez más alejadas, generando la expansión urbana y la discontinuidad en el espacio construido que caracteriza a Ciudad Juárez. En 2004, por ejemplo, Quevedo forzó incluso la construcción de miles de viviendas en un predio conocido como El Barreal o Laguna de Patos, ubicado al sur del aeropuerto y sobre el que investigadores advirtieron que se trataba del lecho seco de un escurrimiento pluvial de la sierra del poniente. Con las lluvias del verano de 2006, miles de familias de obreros que todavía pagaban sus casas en esa zona quedaron bajo el agua durante días.

Los problemas derivados del desorden en la urbanización fueron desde muy pronto motivo de preocupación entre varios investigadores sociales, periodistas y diversos ciudadanos, quienes a lo largo de años señalaron que, además de que el modelo era un claro acto de corrupción, la segregación espacial estaba encareciendo y dificultando el mantenimiento de la ciudad, provocando rezagos sociales, deteriorando y afeando el espacio, aumentando los tiempos y el costo de los traslados y, sobre todo, formando dos extremos periféricos —el poniente y el suroriente— que empezaron a obstaculizar la interacción de la población e incluso a dividirla.

Pero la construcción de vivienda y la inversión pública en las tierras de los ex alcaldes, cada vez más hacia el suroriente, solían ser justificadas por los gobiernos en turno con el argumento de la atracción de más industria maquiladora y, así, la expansión urbana no se detuvo nunca. La urbanización se dio a tal ritmo que, para el año 2000, en esos terrenos y sus alrededores, en las inmediaciones de los parques industriales de la avenida de Las Torres y repartida en fraccionamientos como Bosques de Salvárcar, Villas de Salvárcar, Horizontes del Sur y otros, se asentó el 40 por ciento de la población de la ciudad, es decir, casi 500 mil personas, la mayoría adolescentes y niños.

Cuando en el Juárez del siglo XXI cientos de esos adolescentes y niños se armaron y se integraron a las pandillas que en un principio se reunían sólo para "grafitear", éstas se convirtieron en las más letales. Pronto las autoridades les atribuirían hasta cuatro de cada 10 homicidios del total que ocurrían en la ciudad y, entre miembros de Los Bufones, Los Quinteros, Barrio del Silencio y otras, en 2002 se formó una nueva "ganga" que en pocos años se convertiría en la líder indiscutible en cuanto a delitos. Era a la que pertenecían *El Saik* y sus amigos de los alrededores del Parque Industrial Intermex. Se llamaban, declaró el adolescente al Ministerio Público cuando fue detenido por matar al joven paseño, Los Artistas Asesinos, y ese 21 de mayo de 2002 fue la primera vez que el reportero Armando Rodríguez registró ese nombre en los medios de Juárez.

La fundación de Los Artistas Asesinos se atribuye a uno de los jóvenes criminales más célebres de la ciudad, originario de la colonia Morelos II y a quien varios recuerdan por haber sido el primer pandillero en asesinar a un policía municipal. Se llamaba Jorge Ernesto Sáenz, pero era conocido como *El Dream* y, al igual que *El Saik*, procedía de uno de los fraccionamientos del suroriente y poseía un gran talento para el dibujo. Antes de convertirse en homicida, de hecho, su fama había crecido entre los adolescentes del sector por la calidad, el detalle y el colorido de sus grafitis. Era él también quien ganaba la mayoría de los concursos de "varo", por lo que su apodo era el que más figuraba en las calles de la zona. Alto, delgado, con el cabello unas veces al rape y otras largo, y casi siempre con una mochila en la espalda en la que llevaba sus botes de *spray*, *El Dream* fue desde los 16 años un modelo a imitar para cientos. Asimismo, él reclutaba a los estudiantes de la Técnica 60 y, con el paso de los años, su talento como "grafitero" y su supervivencia a las disputas con niveles de violencia cada vez más elevados entre los diversos "barrios" lo volvieron uno de los pandilleros más conocidos de su generación. Como *El Saik*, era una mezcla de potencial intelectual y físico constantemente en busca de emociones fuertes y rodeado por un ambiente del todo carente de estímulos que no fueran delictivos.

También como *El Saik*, *El Dream* cometió su primer homicidio a los 19 años, en 2001, cuando asesinó a balazos al vigilante de una planta maquiladora que asaltó y despojó de 279 mil pesos, uno de los botines más cuantiosos en la historia de Juárez. Fue así que llegó por primera vez al Cereso, pero *El Dream* no conocía los límites. Un día de julio de 2002 logró burlar la vigilancia del penal y se fugó utilizando el gafete de visitante por el cual, según indicó el Ministerio Público, su madre había pagado mil dólares a un amigo que, al momento de regresar la identificación, simplemente dijo a los custodios que la había perdido. Una vez en la calle, *El Dream* retomó de inmediato su carrera criminal. Dos semanas después de la fuga, alrededor de las 22 horas del 7 de agosto, él y otros pandilleros del sector sorprendieron a un par de policías municipales que vigilaban el exterior de una planta maquiladora en la colonia Jardines del Aeropuerto. Los asaltantes llevaban una pistola calibre .40 y una 9 milímetros, y dispararon contra los agentes apenas descendieron de una camioneta Cherokee, hiriéndolos. Luego les quitaron las armas y los radios, los subieron lesionados a su propia patrulla tipo "cámper" y los condujeron a un lote baldío del fraccionamiento Hacienda de las Torres, donde los arrojaron. Uno de los elementos, con tres heridas de bala, se quedó tirado sobre la arena, pero su compañero, Ubaldo Cruz González, de 32 años, quiso ponerse a salvo y empezó a correr. Fue entonces cuando *El Dream* le disparó por la espalda, lo alcanzó y, ya derribado, le dio el tiro de gracia en la cabeza. Los pandilleros huyeron en la Cherokee y la abandonaron kilómetros adelante, en una calle del fraccionamiento Praderas del Sur, donde interceptaron a una joven a la que, a punta de pistola, le quitaron una camioneta tipo *van* que, en su loca huida, los jóvenes impactaron contra un poste en la avenida Tomás Fernández. Momentos después despojaron de su camioneta a otras dos jóvenes que se cruzaron en su camino. *El Dream* iba manejando cuando el grupo fue finalmente alcanzado por la Policía Municipal sobre la avenida Tecnológico. Esa noche, *El Dream* se había robado en total tres camionetas a mano armada, había herido a un agente de Tránsito y asesinado a un policía municipal de Ciudad Juárez. Tenía 20 años.

Al regresar al Cereso en ese 2002, *El Dream* estrechó su amistad con *El Saik* y, durante meses, planearon intentos de fuga trazando mapas que en varias ocasiones fueron decomisados y reportados por las autoridades a los medios. La tensión imperaba en un penal en el que tres mil 500 reos compartían un espacio para menos de dos mil y las celdas estaban ocupadas al doble de su capacidad. Varios tenían que dormir en cobijas colocadas directamente sobre la dureza del piso de concreto. El aire acondicionado siempre era insuficiente en verano y la calefacción en invierno. Las cucarachas abundaban incluso entre los alimentos. *El Saik* y *El Dream* sentían que iban a enloquecer en esos reducidos espacios.

En abril de 2003, fue *El Saik* quien provocó un estado de sitio alrededor del penal cuando, junto con otros dos reos —todos identificados como amigos de *El Dream*—, secuestró a un custodio, tomó una torre de vigilancia y se apoderó de tres armas largas, un revólver y un lanzagranadas. Todo fue cuestión de ofrecerle un vaso con camarones al custodio, que en ese momento observaba un partido de softbol entre los reos. Al tomar el vaso a través de la malla que dividía el campo deportivo, el guardia fue derribado por uno de los internos, que lo sujetó de los pies, y por otro más que le apuntó con un arma hechiza. *El Saik* y sus cómplices se apoderaron así de la torre de vigilancia y de las armas, provocando la movilización de unos 200 elementos municipales y estatales que, en 20 minutos, los forzaron a entregar lo que habían tomado. *El Saik* no quedó conforme y, a los pocos días, en mayo de 2003, volvió a intentar huir, esta vez a través de los ductos de aire acondicionado de su celda. El reo fue detenido en una azotea, a unos metros de una barda alambrada desde cuya altura estaba dispuesto a lanzarse para llegar al estacionamiento. De nueva cuenta, cientos de elementos de seguridad pública lo rodearon y lo capturaron, y a partir de entonces sus condiciones de reclusión empezaron a ser más severas. Ya no podría salir de su celda y se quedaría sin acceso a los otros reos.

Las celdas del Cereso son casi todas iguales, de no más de tres por tres metros, con camas de cemento adheridas a las paredes, sobre las que los reos colocan colchonetas, y a cada reo le corresponde hacerse de utensilios para lo más indispensable. La mayoría de los dormitorios dan a pasillos a cielo abierto o al patio interior, en el que suele haber puestos con los diversos servicios que se ofrecen entre sí los presos, desde dulces, comida y aguas frescas hasta viejas mesas de futbolito. Los edificios de este tipo que conforman el Cereso son conocidos como "habitaciones" y, antes de que los reos fueran separados por pandillas, servían para dividir a la población según el tipo de delitos.

Para los homicidas más peligrosos, como *El Saik* y *El Dream*, en la primavera de 2004 se construyó una habitación especial que, a diferencia de las del resto del Cereso, es un polígono techado sin un solo acceso al cielo. Fue denominada la Habitación 16 y quedó ubicada en el extremo nororiente del reclusorio, a pocos metros de los juzgados del antiguo sistema penal. Por dentro, el espacio y las celdas son todavía más pequeños que en el resto de las crujías, y en el patio central no hay ningún tipo de entretenimiento ni vista al exterior. Además, el programa de reclusión para tales reos incluía 22 horas de encierro en las celdas y sólo dos para caminar por el patio techado, y todos debían hacerlo en horarios distintos. El único contacto que podían tener era con el personal de Criminología y de Psicología, y todos estaban bajo observación constante.

En ese encierro, *El Saik* terminó por refugiarse en su regreso al dibujo. En un par de meses pudo empezar a asistir a clases de pintura al óleo y, en cuestión de semanas, ya vendía sus trabajos a otros presos que, a su vez, obtenían algunos ingresos haciendo tatuajes. Con los años, el pasatiempo le rindió frutos al talentoso joven convertido en homicida. Para 2006, cuatro años después de haberse convertido en el primer Artista Asesino registrado en la historia de Ciudad Juárez, *El Saik* ganó el primer lugar en un concurso nacional de pintura en el que participaron cientos de presidiarios de otros estados de la República.

Varios jóvenes como *El Dream* y como *El Saik*, sobre todo los remitidos de la Escuela de Mejoramiento Social para Menores y los pandilleros detenidos por delitos graves en el suroriente, empezaron a engrosar las celdas de la Habitación 16 del Cereso. Se trataba del nuevo tipo de homicida —menores de 20 años— que se estaba gestando en Juárez, como Vicente León, quien llegó allí mismo el 23 de mayo de 2004, en cuanto recibió el auto de formal prisión por el homicidio de sus padres y su hermana. Dado que nadie presentaba su acta de nacimiento, tuvo que ser recluido 12 días en el penal para adultos. Uziel, por su parte, había sido enviado desde un principio a la Habitación 7, destinada a los cristianos y ubicada en el área de Los Aztecas. Las autoridades de un penal con cada vez más síntomas de explosión violenta adujeron la prevención de un posible enfrentamiento entre los dos antiguos amigos.

Fue en ese breve periodo cuando los criminólogos entrevistaron por primera vez a Vicente y diagnosticaron que sus homicidios habían sido cometidos sin motivos "endógenos" o internos aparentemente justificados, sino "exógenos". En la ficha con la información criminológica anotaron que se trataba de un "delincuente intelectual de alto riesgo" y que la peligrosidad de la zona urbana de la que procedía era "alta". La valoración psicológica indicó, por separado, que su actitud negativa y su conducta antisocial contenían la peligrosa mezcla de baja tolerancia a la frustración, una tendencia a la excitación inmediata y a actuar impulsivamente, el juicio disminuido, un entorno altamente criminógeno y un marcado conflicto con la autoridad.

Tales eran los principales rasgos de su personalidad y, como advirtió la jefa del Departamento de Criminología del penal, se trataba de características cada vez más frecuentes entre los jóvenes infractores locales que entrevistaban en el Cereso, como *El Dream* y *El Saik*.

Vicente concluyó en la Habitación 16 la primera de sus dos estancias en el Cereso el 4 de junio de 2004, cuando el Juzgado Segundo recibió su acta de nacimiento y autorizó su traslado a la Escuela de Mejoramiento Social para Menores. Ahí, los adolescentes del suroriente componían también la mayor parte de la población interna. En ese 2004, las autoridades calculaban que en Juárez había alrededor de 300 pandillas que se disputaban el control de las calles de la ciudad, la mayoría en el suroriente, donde Los Artistas Asesinos eran ya los líderes indiscutibles. Como *El Dream*, no eran los clásicos pandilleros de los años pasados, cuando el atuendo que predominaba entre los "barrios", principalmente en los formados en la zona poniente de Juárez, era el del "cholo" de pantalón holgado y cabello al rape. Los chicos del suroriente, en cambio, escogieron un estilo moderno y no tan marcadamente callejero. Desairaron el aspecto "tumbado" y optaron por las marcas y los estilos creativos en las cejas y el cabello. La policía los identificaba entonces por los tatuajes, como un símbolo con las letras "ASA" entrelazadas, o el número "2" en un brazo y la letra "A" en el otro, que significaba "Doble A", o se tatuaban el nombre completo de la pandilla en cada brazo. Algunas veces, la caligrafía de las marcas era ligeramente similar a la utilizada por el grupo de *hip-hop* californiano Cypress Hill, cuya música de raíces latinas también era parte de la inspiración de los jóvenes pandilleros. "I'm just another local / Kid from the street getting paid for my vocals / Here is something you can't understand / How I could just kill a man…" ("Soy un chico más / De las calles cobrando por mis rimas / Esto es algo que no puedes entender / Cómo es que puedo matar sin más a un hombre…").

Los homicidios a manos de adolescentes se estaban convirtiendo en un crimen cada vez más frecuente en Ciudad Juárez. Una estadística publicada en 2004 a propósito del parricidio de Vicente indicó que, desde 1999, habían sido detenidos 176 menores como probables asesinos, es decir, aproximadamente uno cada 10 días en ese periodo de cinco años. Pese a la incidencia, Vicente fue tratado como un caso extraordinario en la Escuela de Mejoramiento. Un parricida de 16 años era algo extremo aun para esta frontera. La capacidad de manipulación y la influencia que había ejercido sobre sus cómplices fueron otro factor considerado de riesgo por la dirección del reclusorio juvenil, por lo que se decidió aislarlo y asignarle una recámara para él solo. Vicente también sería sometido a tratamiento psicológico constante, estaría bajo observación y estricta disciplina y sólo podría ir al sanitario y al comedor. Así pasó el joven asesino los primeros dos meses y medio de su condena de cinco años.

La Escuela de Mejoramiento Social para Menores a la que llegó Vicente en esa etapa de su internamiento se hallaba en un viejo edificio en el *boulevard* Norzagaray, en la margen del Río Bravo, justo en el Centro Histórico de la ciudad. Como en el paraje solitario del Camino a Zaragoza en el que abandonó los cadáveres de sus padres y de la pequeña Laura, desde la ventana de su celda lo único que veía todas las noches eran las luces ámbar de la división entre México y Estados Unidos. Fue ahí donde le sobrevino el primero de varios periodos con noches de insomnio que fueron registrados en su expediente. Los psicólogos advirtieron desde un principio que el joven interno no mostraba arrepentimiento, sino al contrario: como dependía en gran medida de su afán protagónico, en la complejidad de su mente criminal se había formado la convicción de que su delito había afianzado la posición de líder que tanta satisfacción le proporcionaba.

Sin embargo, en esas noches de desvelo en el interior de su vieja celda junto al Río Bravo, no era el crimen de sus padres lo que le quitaba el sueño. Vicente no lamentaba lo que había hecho. Tampoco lamentaba estar encerrado ni desperdiciar su ya probado talento criminal. No extrañaba a ninguno de los que había asesinado. Extrañaba, si acaso, al pequeño C.E., el único de su familia al que consideró digno de seguir viviendo. Pero fuera de él no había ser humano que le provocara algún sentimiento, ni respeto ni cariño ni autoridad ni miedo. Nada. En su interior de adolescente de 16 años no había más que un gran vacío. Era, como determinaron y escribieron en su expediente los psicólogos, "incapaz de establecer relaciones interpersonales positivas" con el resto de los seres humanos. El vacío pronto se convirtió en pérdida total de sueño y ésta dio paso a una profunda depresión de varios meses, los últimos de ese 2004. El tono claro de su piel se ennegreció alrededor de los ojos y su expresión se agudizó con pómulos cada vez más marcados por la pérdida de peso. Pasaba la mayor parte del día aislado. No volvió a recibir visitas. Tampoco volvió a expresar alguna emoción o sentimiento en público. No volvió a conceder entrevistas a los medios de comunicación en el resto de su vida y no vio a los únicos dos tíos que fueron a visitarlo a lo largo de su internamiento.

Así lo encontró el inicio de 2005. A partir de entonces, su plan de readaptación incluyó el retorno a las clases, de modo que Vicente fue inscrito en primer grado de preparatoria en el sistema tetramestral de la Escuela de Mejoramiento. En las clases volvió a ver a Eduardo, su viejo amigo y quien también había pasado por un periodo de oscuridad al llegar al reclusorio juvenil, pero muy distinto al de Vicente. Eduardo sentía un gran remordimiento y una enorme culpa por lo que había hecho en la casa del Camino a la Rosita y por haberle fallado a sus padres, así que el perdón de éstos fue desde un principio el motor de una rápida recuperación que pronto se diagnosticó como exitosa. Aun así, la idea de haber causado un gran dolor a su familia asaltaba al joven cómplice al enterarse de las consecuencias que sus actos seguían teniendo, como cuando sus padres tuvieron que cambiar de escuela a su hermano menor. La diferencia, una de las varias que había entre los dos menores homicidas, era el apoyo de la familia: mientras que Vicente no volvió a ver a ninguno de sus parientes, Eduardo recibía junto a los suyos la terapia de grupo de los sábados. Eduardo también empezó a brillar como estudiante. Se graduó de preparatoria y pronto pudo tener incluso libertad para salir a tomar clases en el Instituto Tecnológico de Ciudad Juárez. Recibía visitas no sólo de varios otros familiares, sino de amigas que iban con él a las tardeadas que en ocasiones se organizaban en el interior de la Escuela. Eduardo entró también en la rondalla y hasta ganó un concurso de canto entre internos.

Vicente, en cambio, había desarrollado un pánico escénico debido a lo que los psicólogos del reclusorio juvenil calificaron de una "sobreexposición" en los medios de comunicación, problema que incluso se estaba convirtiendo en un obstáculo para su proceso de readaptación social. Por eso, actividades tan simples como las que hacía Eduardo se volvieron algo sencillamente aterrador para Vicente. No se veía a sí mismo de nuevo frente a la opinión pública de una ciudad que consideraba totalmente propicia para la impunidad y que, al ser detenido, lo vio a él como el más brutal de los homicidas.

Pero la rutina del reclusorio juvenil, una de las causas de su hastío, poco a poco fue tornándose en el remedio contra el mismo. Los días empezaron a ser algo menos molestos porque, al levantarse a las seis de la mañana, cuando a todos los menores les tocaban la puerta de la celda para que se despertaran, a Vicente no le quedaban más ganas de pensar en el tedio de estar vivo. Como los demás, se iba directo a tomar el baño; de ahí regresaba a su dormitorio para hacer el aseo y después pasaba al comedor a desayunar; luego se iba a las clases y, por la tarde, acudía a alguno de los diversos talleres que se impartían en el lugar, como mecánica, herrería o computación. Él había escogido la carpintería y pasaba las tardes haciendo sillas, mesas, libreros, estantes y repisas, o arreglando muebles de cocina que la población llevaba para que los repararan los jóvenes internos. Las actividades deportivas le quitaban otro tanto de energía. Constantemente acudía a terapia psicológica y, con el transcurso de los meses, las ocupaciones escolares, los talleres y el contacto con los demás adolescentes lo fueron sacando de su encierro. Otro tanto hizo el vivificante sol de la primavera en el desierto. Para mayo de 2005, al cumplir su primer año de reclusión, la depresión había cedido casi por completo. Se le veía entonces lavar con energía los automóviles de los empleados del penal para poder comprar algo de ropa y cuadernos, porque era de los pocos internos que no contaba con apoyo familiar, por lo que su manutención recaía exclusivamente en el área de Trabajo Social de la Escuela de Mejoramiento. A él no le importaba. A pesar de a la vigilancia de la que era objeto, Vicente se sintió de pronto y casi sin darse cuenta uno de los otros. Si bien se trataba del único parricida, en la Escuela había decenas de menores que también eran asesinos. Con ellos compartía además el alto grado de brutalidad de los crímenes que habían cometido y una marcada intolerancia a todo aquello que se opusiera a sus deseos. Varios se hacían llamar Artistas Asesinos y con ellos, entre quienes volvió a sentir su capacidad de liderazgo, Vicente pasó su cumpleaños número 18 el 27 de octubre de 2005.

A diferencia de Eduardo, quien gracias a su buen comportamiento concluyó su reclusión en la Escuela de Mejoramiento, e incluso después de cumplir la mayoría de edad, Vicente no tuvo esta prerrogativa. Al reservado pronóstico de reinserción social que presentaba se sumó la petición de la familia materna para que fuera trasladado cuanto antes al penal para adultos. Los hermanos y los padres de Alma Delia Chávez decían sentirse más seguros si el homicida que había nacido entre ellos era recluido en el Cereso, por lo que la dirección de la Escuela ordenó dicho traslado en ese final de 2005.

A Vicente no le extrañó la noticia. Al contrario. Sabía por qué Eduardo se había quedado en la Escuela de Mejoramiento y por qué él no tenía las mismas posibilidades. Así, luego de un recorrido de casi 20 kilómetros, Vicente llegó en una unidad de la Policía Municipal al Cereso de Juárez el 9 de noviembre a las 15:59 horas, poco antes de que empezara a caer la tarde. Vicente fue sometido de inmediato a una valoración médica que lo diagnosticó como un hombre sano de 18 años, sin disfunción neurológica, de 1.84 metros de estatura y 73 kilos de peso. Se le calificó como un primodelincuente con agresividad alta y pocas probabilidades de readaptación. Dos fotografías, una de frente y una de perfil, fueron impresas en la parte superior derecha de su ficha criminológica de llegada al Cereso. Sus ojos cafés voltearon sin expresión a la cámara. Sus rasgos de adolescente contrastaban con el resto de la información vertida en la hoja de información: "Reo de capacidad criminal mayor y nivel de peligrosidad máximo". Las condiciones en el penal eran tan tensas ya en ese final de 2005 que el sistema de clasificación no dividía a los presos por tipo de delito, como hacía apenas un año, sino por la pandilla a la que pertenecieran. Las fichas incluyeron desde entonces un espacio para indicar la "asociación delictuosa" que declaraba o se le detectaba al preso recién llegado. Vicente indicó la suya, que quedó marcada en el espacio ubicado debajo de los nombres "Aztecas" y "Mexicles": dijo ser Artista Asesino. Fue entonces cuando regresó a donde pasaría la tercera de las cuatro etapas de las que constó su reclusión, la Habitación 16.

8

Aztecas

PRIMERO SE ESCUCHÓ como un zumbido. Luego empezó a retumbar el suelo. Unos 200 integrantes de la pandilla Los Mexicles se encontraban en las diminutas celdas de la Habitación 4 cuando supieron que el creciente rugido era una estampida de internos que iban contra ellos. Eran cientos, más de mil, casi la totalidad de los Aztecas presos y quienes en cuestión de segundos cruzaron los pasillos que rodean el patio central del Cereso y que los separaban de quienes por entonces eran sus mayores enemigos. Los Mexicles no pudieron quedar en mayor desventaja. Estaban castigados bajo llave luego de haber protestado en las azoteas por la cancelación de su horario de visita. Un reo había amanecido casi muerto con 70 heridas de arma blanca una mañana antes. El miedo era general y justificado. La tensión contenida durante años en todo el penal explotó finalmente en la Habitación 4 esa fría mañana del sábado 17 de diciembre de 2005. Alrededor de las 11, alguien abrió la puerta del edificio y cientos de Aztecas enardecidos y armados con toletes, marros y varillas invadieron el patio, los pasillos y cada rincón del lugar, hiriendo a cuanto Mexicle se encontraron. Llevaban incluso cascos y los escudos antimotines que habían tomado del equipo táctico para el resguardo del reclusorio. Fueron los minutos más sangrientos de los 25 años que tenía entonces el hacinado penal municipal de Ciudad Juárez. Sin que el personal policiaco interviniera durante dos horas, los Aztecas lesionaron a más de 40 reos y asesinaron con armas blancas a otros seis. A uno le dieron 14 puñaladas en el tórax; a otro 49 en el cuello, el pecho y el resto del cuerpo; a uno más le dieron hasta 60 e incluso le fracturaron el cráneo y el rostro a golpes, como ocurrió con un cuarto. Algunos Mexicles lograron guarecerse en sus celdas levantando las planchas de concreto de las camas para bloquear los accesos de reja metálica. Hasta el otro extremo del penal saltaban las piedras y se escuchaba el tronar de los cristales mientras los más de mil Aztecas atacaban la Habitación 4 y más tarde la 1 y la 3, también pobladas por Mexicles.

Una crónica sobre lo que se pudo observar por la puerta del patio de la Aduana del penal describió el momento en que los paramédicos salían a toda prisa cargando a la primera víctima. En segundos, escribió Armando Rodríguez, pusieron el cuerpo en una camilla y le colocaron una mascarilla con oxígeno; luego le quitaron la camisa de cuadros rojos y le bajaron el pantalón de mezclilla, dejando ver los múltiples trazos de las cuchilladas que acababa de recibir en el pecho, el abdomen y las piernas. Tenía también una herida en medio de la frente y el rostro bañado en sangre. Los paramédicos trataron de reanimarlo comprimiéndole el pecho con masajes cardiacos, pero fue imposible. Era el inicio del periodo más sangriento en ese centro carcelario, pero al primer asesinado el abandono le llegó casi junto con la muerte. Ante el infierno que se vivía detrás del muro de la Aduana, los rescatistas tuvieron que dejarlo sobre el suelo para usar la camilla y seguir evacuando. El reo quedó tirado boca arriba, sobre la tierra y las piedras que habían caído en la revuelta. Quedó con los brazos entreabiertos, con los pantalones casi en los pies, mientras la sangre de sus heridas se mezclaba con el polvo. En pocos minutos, los paramédicos llevaron otro cadáver. Como en línea de producción, junto a ellos quedaron después los otros cuatro muertos.

Desde ese primer día, las notas periodísticas sobre la riña reportaron también un dato que sería medular para comprender tal barbarie: casi todos los testimonios, incluidos los de familiares que alcanzaron a entrar a la zona de los reos Aztecas, indicaban que habían sido los custodios del gobierno municipal quienes abrieron las puertas de las habitaciones a los agresores y quienes, además, les dieron las armas y los cascos. Había sido, en resumen, un ataque no sólo permitido, sino incitado por las autoridades del penal, entonces a cargo del alcalde priista Héctor Murguía, quien cuatro meses antes había puesto en marcha un plan de presunta limpieza de drogas basado en revisiones y llamado "Cereso Limpio", pero que, en unos cuantos meses, terminaría por aislar y aniquilar a los reos que no traficaban para la organización dominante, como Los Mexicles, y que dejó el control total del penal en manos de Los Aztecas, desde entonces brazo armado del cártel de Juárez. Como uno de los centros de distribución de droga más importantes de la ciudad, el Cereso era asimismo uno de los negocios más seguros

—con un mercado literalmente cautivo de más de mil reos adictos— y operaba gracias a un sistema de corrupción que nadie trataba siquiera de ocultar.

Aunque nunca tocaron a funcionarios de mayor nivel, las investigaciones ministeriales de la revuelta del 17 de diciembre probaron que al menos 13 custodios, un sargento y un comandante del reclusorio habían "instigado" a los Aztecas, abriéndoles las puertas de las habitaciones y entregándoles las armas e incluso parte de su equipo de protección. Una nota de *El Diario* reportó el 30 de diciembre de ese año que un posible móvil habría sido la intención de provocar los reacomodos necesarios tanto en la dirección del reclusorio como en la jefatura de los custodios y aun entre los integrantes de Los Aztecas para ampliar el tráfico de drogas. El grado de participación de todos los órganos de autoridad en el narcotráfico parecía no tener límites en Ciudad Juárez, y el Cereso no era la excepción. En esos últimos días de 2005 y hasta mediados de 2007, todo el periodo a cargo de Murguía, el penal municipal se convirtió en uno de los primeros escenarios del baño de sangre: 17 víctimas en ese año y medio, todos asesinados por presos Aztecas en riñas que invariablemente resultaban inducidas por las autoridades del centro penitenciario.

Dentro y fuera del penal, Los Aztecas trabajaban para el cártel de los Carrillo Fuentes al menos desde principios del siglo XXI. Eran uno de sus principales brazos ejecutores: cruzaban la droga en vehículos a través de los puentes internacionales, la guardaban en casas en el noreste de El Paso y, por último, la trasladaban por carretera a diversas ciudades norteamericanas, como Atlanta, Dallas, Chicago o Denver. También resguardaban en casas de seguridad de El Paso a ciertos integrantes de La Línea que corrían peligro en el lado mexicano de la frontera.

Los Aztecas ilustraban ampliamente el carácter binacional del crimen organizado. No sólo eran mexicanos y mexicoamericanos que se habían agrupado en una prisión texana, sino que, una vez en las calles, utilizaron durante años la división internacional como recurso para seguir cometiendo ilícitos, como homicidios en Juárez de personas "levantadas" al norte de la frontera. Un integrante de la pandilla que en 2008 fue llamado a testificar en un juicio en El Paso declaró que Los Aztecas recogían en Juárez la droga del cártel a través de un juarense llamado Eduardo Ravelo, apodado *El Tablas*, el cual obedecía órdenes de un individuo identificado en el juicio como *JL*, a su vez lugarteniente de Vicente Carrillo. El mismo testigo declaró que Los Aztecas daban apoyo al cártel si se perdía una carga o si había algún problema para cobrar un pago; que ubicaban en ambos lados de la línea divisoria a cualquier clase de enemigos —deudores, ladrones, traidores, soplones— y que incluso uno de ellos fue secuestrado y torturado en El Paso. La víctima fue identificada en el tribunal como un hombre apodado *El Chato* Flores, un "carnal" —como se dicen Los Aztecas entre ellos— secuestrado en agosto de 2005 por otros miembros de la pandilla debido a que el cártel sospechaba que les había robado mercancía valorada en millones de dólares. El testigo declaró haber visto a *El Chato* atado y amordazado en una vivienda del este de la ciudad texana, hasta donde llegó un tercer individuo que lo identificó como el responsable de perder la carga de droga. *El Tablas* ordenó entonces que se llevaran a *El Chato* a Juárez para ser interrogado sobre la pérdida de la mercancía, donde después, admitió el declarante, fue encontrado asesinado.

Los Aztecas se habían formado a mediados de la década de los 80 a partir de un grupo de mexicoamericanos residentes de El Paso y presos en la cárcel de Coffield, ubicada al sureste de Dallas, donde la filiación delictiva era necesaria para sobrevivir a las violentas tensiones raciales. Por su regla de ser "Aztecas hasta la muerte", en los siguientes 20 años empezaron a extender su influencia entre los reos que iban saliendo o que iban siendo deportados, casi todos hacia Ciudad Juárez. Pronto, aquí se apoderaron de todos los giros ilegales, desde la venta de droga al menudeo hasta el robo de autos, sobre todo en la zona del Centro Histórico y en el poniente de la ciudad, sus sectores de mayor influencia. Tanto en el Cereso como en las calles se les identificaba por su corte de pelo casi al rape —usual entre los presidiarios— y, en mayor medida, por los profusos tatuajes en los que predominan motivos prehispánicos, como penachos o pirámides, las palabras "Barrio Azteca", las siglas "BA" o el número "21", correspondiente a los lugares de las letras "B" y "A" en el alfabeto. Desde las cárceles texanas se habían convertido también en acérrimos enemigos de Los Mexicles —los autonombrados "pura raza mexicana"—, quienes procedían de otra pandilla formada en el sistema penitenciario de Texas y que en pocos años cruzaron la frontera también por Ciudad Juárez, en cuyo penal pronto empezaron a concentrarse. La principal diferencia entre las dos pandillas texanas en el Cereso de Juárez era que, mientras los Aztecas tenían una estructura casi militar en la que había rangos de capitanes y soldados y podían darse el lujo de cuidar de su imagen y limpieza personal, entre los Mexicles se contaba la mayor cantidad de adictos a la heroína y sus miembros vivían en las condiciones más sucias y pobres del reclusorio.

Los Aztecas, además, conformaban la inmensa mayoría, estimada en mil 300 reos. Salvo por los edificios contiguos a los juzgados penales, donde se encuentra la Habitación 16, ocupaban casi toda el ala oriente del Cereso. Los Mexicles, alrededor de 300, se localizaban en el extremo opuesto, hacia el lado de la sierra. Desde finales de 2005 y con la anuencia de las autoridades carcelarias, los también conocidos como *Indios* mantuvieron tal tensión contra los Mexicles que, durante más de un año y medio, el Cereso se convirtió en fábrica de cientos de armas hechizas, como lanzas con varillas, las cuales eran halladas en todas las habitaciones durante los constantes operativos.

Los Artistas Asesinos, que por entonces no eran más de 100 en el penal, permanecían recluidos con medidas más estrictas de seguridad en la Habitación 16 y, salvo por incidentes aislados, en los primeros meses de ese periodo sangriento en el Cereso se mantuvieron prácticamente al margen de las grescas entre las otras dos pandillas. En una entrevista realizada por el reportero Javier Saucedo, uno de los *Doble A* dijo que ellos procuraban tener un perfil más bajo y que se sentían diferentes. Si Los Aztecas y Los Mexicles habían llegado de Texas, ellos eran un producto netamente juarense, hijos del *boom* maquilador y testigos desde niños de la creciente criminalidad que trajeron la industrialización y la expansión del cártel de los Carrillo. Además, con sus crímenes en las calles habían demostrado que, pese a su corta edad, eran unos homicidas probados y contaban con una característica adicional: no medían consecuencias.

Vicente se mezcló con ellos sin problemas en la Habitación 16. Como él, y como dijo el entrevistado a Saucedo, los *Doble A* se veían a sí mismos dañados desde niños, carentes de sentimientos, sanguinarios y sin respeto por la vida humana. Estaban tan seguros de que su juventud no les impediría ser tanto o incluso más peligrosos que Los Aztecas, que no les interesaba demostrarlo en el penal para adultos. Varios de ellos, como Vicente, procedían de la Escuela de Mejoramiento Social para Menores y, por tanto, tenían condenas cortas y en cuestión de meses serían puestos en libertad. Una riña podría acarrearles otro delito y prolongarles el encierro, por lo que durante un tiempo trataron de evitarlas, e incluso así se lo dijo el propio Vicente a Saucedo, quien, en mayo de 2006, buscó entrevistarlo con motivo del segundo aniversario del homicidio de la familia León Chávez. "Lo único que quiero es terminar con mi condena y salir de aquí", respondió Vicente al reportero durante un breve encuentro en las oficinas administrativas del penal.

Para ese 2006, con la protección manifiesta de las autoridades estatales y locales, el tráfico de drogas en Juárez seguía siendo controlado casi totalmente por la organización de los Carrillo Fuentes, pero existía también una célula compuesta por policías y civiles que traficaban para el cártel de Sinaloa, encabezado, según la versión oficial, por Joaquín Guzmán Loera, *El Chapo*, otro sinaloense que había escapado de un penal de alta seguridad en Jalisco en enero de 2001, a los pocos días del inicio de la presidencia de Vicente Fox. De acuerdo con diversas fuentes, esta organización traficaba por Ciudad Juárez a través de operadores como un ex judicial del estado de nombre Sergio Garduño Escobedo, quien había sido jefe del Departamento de

Órdenes de Aprehensión de la Procuraduría estatal de Juárez y había renunciado poco después del escándalo de Las Acequias en febrero de 2004. Ambas agrupaciones criminales, sin embargo, habían entrado justo desde ese año en una dinámica de disputa derivada en gran medida del homicidio de Rodolfo, *El Niño de Oro*, hermano menor de los Carrillo Fuentes, ocurrido en septiembre de ese año en Culiacán, presuntamente a manos de gatilleros de Guzmán Loera.

Meses después de los motines en el Cereso, las autoridades reportaron que, dentro y fuera del penal, miembros de Los Mexicles estaban siendo empleados como vendedores y sicarios al servicio del cártel de Sinaloa y que, al menos desde 2006, esta organización había empezado a enviar "células" de reclutadores de asesinos y traficantes que encontraron un campo fértil entre los adolescentes de las pandillas del suroriente, donde los más importantes fueron Los Artistas Asesinos. Esa alianza con Los Mexicles y con el cártel rival del de Juárez los ubicó desde entonces en el espectro de enemigos a muerte de Los Aztecas, por lo que la violencia no tardó en regresar al Cereso, específicamente a la Habitación 16, donde en junio de 2006 salieron a relucir por primera vez puntas, varillas, tubos y palos entre los *Doble A* y otro grupo de internos que se autodenominaban Guerreros del Diablo y que, por ser aliados de Los Aztecas, querían el control de la venta de droga en el hexágono. La bravata fue sofocada rápidamente por los custodios, pero se trató del ingreso oficial de Los Artistas Asesinos a la pugna en marcha por el control de las drogas contra el cártel de los Carrillo Fuentes.

Fueron también los meses de mayor tensión en la historia del Cereso. El hacinamiento y la tolerancia de las autoridades carcelarias a la expansión del control Azteca mantenían a las familias de las pandillas rivales denunciando abusos cada vez mayores: desde cobros de cuotas por los accesos a casi todas las áreas del penal —los patios, los campos deportivos, la maquiladora instalada en el reclusorio— hasta constantes amenazas de muerte o de invasiones a edificios, como las que habían conducido ya a la muerte de varios reos. Las constantes denuncias de los parientes de los Mexicles ante los medios de comunicación, que insistían —luego de sus visitas al penal— en que los Aztecas ya tenían incluso armas de fuego, se materializaron de nuevo en junio de 2007, casi al término de la administración de Murguía, cuando, como en las anteriores riñas, el ingreso de cientos de Aztecas fue permitido en el área de los Mexicles con resultados mortales. Fernando Romero Magaña, amigo de la infancia de Murguía y quien frecuentemente aparecía involucrado en circunstancias sospechosas —se le acusaba desde adulterar licor para un club social hasta permitir que los narcotraficantes rescataran un vehículo con droga de los estacionamientos públicos que controlaba—, era entonces el director del Cereso, el sexto en menos de tres años. Señalado también como protector de los Aztecas, el funcionario aseguró, desde las primeras horas posteriores a la riña de junio, que la violencia había empezado por iniciativa de los Mexicles. El video de circuito cerrado, no obstante, logró captar el momento en que un grupo de Mexicles corrían huyendo de decenas de Aztecas que los perseguían hasta la Habitación 3. La grabación mostró también a un custodio uniformado que hacía señas con los dos brazos a los Aztecas para que avanzaran hacia el área enemiga. Otros guardias aparecían en la imagen haciéndose a un lado mientras la masa de Aztecas cruzaba la caseta que separa la Habitación 3 del resto del patio. Ahí mismo se vio el cuerpo de la primera de las dos víctimas, ambas asesinadas con armas de fuego, las cuales fueron utilizadas al menos contra otros 11 presos. Romero Magaña, citado por Murguía a comparecer ante miembros del Cabildo, atribuyó todo el problema al hacinamiento y dijo públicamente que los reos se "autorregulaban" en el penal.

Pero el poder de Los Aztecas, como el de La Línea y como la suerte de toda la ciudad, estaba a punto de cambiar a finales de ese 2007. Los integrantes de la pandilla, según declararon en el juicio en El Paso, sabían desde entonces que el grupo de Sinaloa, ya presente en Juárez, le disputaría el control del negocio al cártel de los Carrillo Fuentes, mermado poco a poco desde la investigación de Las Acequias y la ruptura con *El Chapo* posterior al homicidio de *El Niño de Oro*.

Varios síntomas evidenciaron un recrudecimiento de la violencia desde 2007, que terminó registrando la cifra récord de 320 homicidios, de acuerdo con el conteo de *El Diario*. Los crímenes de alto impacto se recrudecieron sobre todo a finales de año, como el 19 noviembre, cuando un hombre de aspecto "cholo" y armado —presuntamente un Azteca— le disparó a un policía que había solicitado un permiso y estaba de civil en el interior de un Centro de Atención a Clientes de Telcel haciendo fila junto con muchas otras personas.

La intensidad de la actividad delictiva en la ciudad también quedó registrada en decenas de notas periodísticas en las que es posible ver cómo el crimen y las muestras de corrupción policiaca empezaron a desbordarse a niveles insospechados aun para Ciudad Juárez justo ese fin de año. La diferencia era que los asesinatos de alto impacto, tanto los comunes como los atribuidos al crimen organizado, empezaban a perpetrarse a intervalos cada vez más cortos. El 19 de diciembre, por ejemplo, una mujer había sido encontrada asesinada a cuchilladas y abandonada por alguien después de prenderle fuego. El cuerpo, todavía en llamas, fue hallado en un lote baldío de la colonia 6 de Enero, en el poniente de la ciudad, donde a las pocas horas alguien descubrió a un niño de dos años deambulando solo. Un día después, un conductor de tractocamiones fue asesinado a balazos mientras tripulaba su vehículo en una calle de la colonia Satélite. A las cuantas horas, un joven de 22 años fue ultimado a cuchilladas en la colonia Chaveña y, al día siguiente, uno más fue abatido también a tiros afuera de un centro comercial, casi al mismo tiempo que otro moría de la misma manera en un asalto a un expendio de cerveza. Ese día encontraron además el cadáver de un hombre torturado y con un dedo mutilado y colocado en la boca, que resultó ser un ex sargento de la Policía Municipal y ex escolta del último director operativo de dicha corporación al mando de Héctor Murguía, Saulo Reyes Gamboa. Un día después, dos cadáveres fueron hallados en un predio despoblado aledaño a la carretera a Nuevo Casas Grandes y, al día siguiente, un hombre asesinado a golpes y con cinta adhesiva en la cabeza fue encontrado en la colonia Salvárcar. Ese mismo día, la Procuraduría del Estado dio a conocer que la mujer cuyo cadáver había sido hallado todavía ardiendo era una juarense radicada en Nuevo México, la cual había sido asesinada en esa entidad norteamericana y abandonada en Juárez por el homicida, un paseño con el que se había negado a tener relaciones sexuales. El niño encontrado a las pocas horas, se confirmó, era hijo de la víctima, y en su inocencia había presenciado el ataque para luego ser abandonado en Juárez por el asesino.

Entre la violencia generalizada y la que mostraba indicios de obedecer al cobro de facturas o a la disputa por el control del negocio del narcotráfico, Juárez ingresó a principios de 2008 en una vorágine de homicidios sin precedentes. Acostumbrado como estaba a sistematizar las estadísticas, el reportero Rodríguez hizo notar desde las primeras dos semanas del año que los indicadores de la barbarie estaban disparándose a ritmos nunca vistos ni siquiera en esta frontera. "24 asesinatos en 14 días; cero detenidos", decía el encabezado de la nota publicada el martes 15 de enero en la portada de *El Diario*. Doce víctimas tan sólo en los últimos dos días, agregaba el texto. Las tres últimas, de hecho, habían sido asesinadas el día anterior, en el que sería el primero de varios homicidios múltiples en ese año. "Ayer a las 04:30 horas en las calles Zafra y De la Cruz, [...] tres personas fueron asesinadas con ráfagas de 'cuerno de chivo'", escribió Rodríguez, quien también mencionó que las víctimas tenían 18, 21 y 17 años, y que los dos últimos eran hermanos. "Los agentes municipales encontraron a tres personas del sexo masculino tiradas en una calle de terracería [...]. Una de las víctimas presentó seis impactos de bala en el tórax, otra resultó con un balazo en el ojo izquierdo y la tercera tenía varios impactos en las piernas. Los agentes estatales cuentan con varias líneas de investigación en torno a este triple asesinato, una de ellas está orientada al enfrentamiento entre pandillas." Rodríguez agregó que ese mismo lunes se había registrado otro homicidio en la colonia Eréndira, en el suroriente de

Juárez, donde un hombre de 30 años fue asesinado igualmente con arma de fuego. "Los vecinos de la colonia señalaron que en ese sector, donde ocurrió el asesinato, hay una 'tiendita' o centro de distribución de drogas al menudeo." Entre las víctimas de los primeros días del año también estaban una niña de tres años que recibió una bala perdida, al parecer por las celebraciones de Año Nuevo; una estudiante del Tecnológico de Juárez, de 20 años y originaria del estado de Michoacán, muerta a cuchilladas y atacada sexualmente ese primer día del año; un reo asesinado a balazos tres días después en el interior del Cereso; tres hombres ultimados en menos de ocho horas al día siguiente, cuando también un "yonkero" fue ejecutado a tiros afuera de su negocio, frente a su esposa; dos suicidios en el primer fin de semana, días en los que también fue encontrado el cuerpo de un hombre baleado y abandonado en su vehículo frente al Parque Central —"Del interior del automóvil se escuchaba música y el motor estaba encendido", escribió Armando Rodríguez sobre este caso—.

El día en que Rodríguez publicó la nota con el recuento —en la cual destacó que la cifra de 24 casos rebasaba los 20 registrados en todo enero de 2007—, mataron a otras dos personas y, ese mismo martes, Armando escribió un artículo que citaba a la procuradora Patricia González, quien decía que en la entidad operaba una célula de homicidas originarios de la Sierra de Chihuahua y empleados por "una organización criminal de Sinaloa", como llamó entonces la funcionaria al cártel de *El Chapo*. El día en que esta última información se publicó, el miércoles 16, Saulo Reyes fue detenido en El Paso presuntamente al ser sorprendido por agentes federales encubiertos mientras trataba de coordinar un cargamento de más de 400 kilogramos de marihuana. En los cuatro días siguientes a esa detención, en la que el ex funcionario municipal apareció con toda tranquilidad bajo custodia de agentes norteamericanos en la vecina ciudad texana, en Juárez se desató una serie de ataques casi simultáneos contra los jefes de las corporaciones policiacas que durante años habían protegido a los narcotraficantes y que, a la postre, marcarían el arranque oficial de la guerra entre los dos cárteles por Juárez.

Fue en la madrugada del 20 de enero cuando el capitán de la Policía Municipal Julián Cháirez Hernández, de 37 años, fue asesinado por alguien que le disparó en al menos 24 ocasiones a la patrulla que conducía sobre la avenida Plutarco Elías Calles casi a la altura de la Hermanos Escobar, a unos 500 metros del Río Bravo. A Julián Cháirez le dieron con un arma calibre 5.7 por 28 milímetros, capaces de penetrar cascos y chalecos antibalas. Era agente municipal desde 1993 y comandaba el Distrito Policiaco Aldama, en la zona central de Juárez. Uno de sus hermanos, el también agente municipal Ismael Cháirez, había sido asesinado en mayo de 2007 con disparos de al menos dos AK-47 cuando iba a bordo de una unidad oficial de la Procuraduría de Justicia del estado junto a un agente ministerial, sobre la avenida Gómez Morín. Saulo Reyes, publicó *El Diario* aquella primavera, había acudido a la escena de ese crimen junto con el entonces secretario de Seguridad Pública de Murguía, Marco Torres, pero ninguno de los dos pudo explicar qué hacía Cháirez en una unidad de la Policía Ministerial del estado mientras se encontraba en horas de servicio para el municipio. En la escena del homicidio, a unos metros de la sede de la estación policiaca Cuauhtémoc, los testigos identificaron entre los agresores un vehículo verde y, minutos después, una camioneta del mismo color fue descubierta abandonada en la zona. La unidad, una Suburban modelo 1997, resultó ser propiedad de Romero Magaña, por lo que el entonces director del Cereso, en pleno escándalo por las acusaciones de protección a Los Aztecas, tuvo que comparecer ante el Ministerio Público, aunque no se le imputaron cargos. Una de las líneas de investigación, informó después de manera oficial la procuradora Patricia González, era la participación de los agentes victimados en actividades de corrupción. Ismael Cháirez, confirmó la Procuraduría en junio siguiente, llevaba mil 736 dólares en la bolsa del pantalón. Al dar a conocer esta información, la funcionaria también envió un mensaje: "Creo que nuestros agentes de la Policía Ministerial tienen muy claro que cuando andan en actividades ilícitas necesariamente ése va a ser su destino".

Un día después del homicidio de Julián Cháirez, a las siete con 44 minutos de la mañana del 21 de enero de 2008, el nuevo director operativo de la Policía Municipal, el capitán Francisco Ledesma, de 34 años, con 15 en la corporación y por mucho el más involucrado en el funcionamiento de las pandillas, fue asesinado en su vehículo frente a su esposa, afuera de su casa en la colonia Morelos I. A Ledesma, que quedó en su camioneta Expedition modelo 1996 con el uniforme puesto, le dieron más de 35 balazos de ametralladora AK-47. Trece horas después, a las ocho con 40 minutos de la noche de ese mismo 21 de enero, el primer comandante de la Agencia Estatal de Investigaciones de la Procuraduría en la Zona Norte, Fernando Lozano, sufrió un atentado mientras circulaba en su Jeep Cherokee blindada sobre la avenida Paseo Triunfo de la República, a pocos metros del Instituto de Arquitectura, Diseño y Arte de la Universidad Autónoma de Ciudad Juárez. A Lozano lo persiguieron y lo cazaron entre al menos cinco tiradores que le dispararon en más de 50 ocasiones desde vehículos en movimiento. Herido en el pecho por dos proyectiles que alcanzaron a perforar el revestimiento antibalas, Lozano sobrevivió al ataque y fue trasladado de inmediato en ambulancia a la ciudad de El Paso. Minutos después, los 500 elementos del Ejército Mexicano asignados a la guarnición local empezaron a patrullar las calles en unidades Humvee artilladas.

Dos días después de los atentados, una nota publicada en *El Diario* reportó que fuentes estatales atribuían los ataques a la organización de Guzmán Loera, que había decidido acabar con la protección de las corporaciones para enfrentar al cártel de los Carrillo Fuentes y quedarse con el control absoluto del tráfico de drogas en Juárez. La estrategia: provocar una serie de traiciones internas entre todos los que trabajaran para sus enemigos. "Aparentemente hace unos días, gente de *El Chapo* y de [Ismael *El Mayo*] Zambada se acercó a los jefes policiacos de diferentes corporaciones para ofrecerles cierta cantidad de dinero con el fin de que colaboraran con ellos [...]. Sin embargo, los policías rechazaron la oferta de manera inmediata, lo que provocó que empezaran a recibir amenazas veladas [...]. 'Nadie te va a decir si aceptó o no el ofrecimiento de *Los Chapos*, pero en el ámbito policiaco se sabe que estos tres atentados no son los únicos, que va a haber más y por eso muchos andan temerosos, andan asustados'", comentó un agente de la Procuraduría a *El Diario*. La nota apareció sin firma.

El ambiente en las oficinas de la Procuraduría del Estado en la Zona Norte había cambiado para siempre. Aun de quienes se sabía que trabajaban para el crimen organizado ya no había certeza de quién se estaba quedando con qué cártel. En la tensa incertidumbre de las traiciones, sólo estaba claro que los ataques del 21 de enero y la entrada del Ejército eran el inicio de una verdadera guerra por el control del negocio del narco en Juárez. Para quienes lo dudaran, la mañana del 26 de enero un grupo de hombres encapuchados, y de quienes sólo se supo que viajaban en una camioneta color oscuro, dejaron una cartulina sobre una corona de flores colocada al pie del Monumento al Policía Caído, en el eje vial Juan Gabriel. A mano, sobre el cartoncillo blanco, alguien había escrito: "Para los que no creyeron: Cháirez, Romo, Baca, Cháirez y Ledesma", todos asesinados e incluso en el orden mencionado. El mensaje agregaba una lista titulada "Para los que siguen sin creer", con los apellidos, claves y distritos de otros 17 agentes de la Policía Municipal. Junto con más de 200 elementos de todas las corporaciones, seis de los municipales amenazados en esa mañana fueron ultimados en el transcurso de los dos años siguientes; el resto de los enlistados huyeron de la ciudad y sólo uno de los "ejecutables" —como se les llamó a partir de entonces— logró sobrevivir repeliendo a balazos un ataque en su casa a principios de febrero de ese 2008, cuando también abandonó Ciudad Juárez. Era el compañero de Ledesma, el mayor experto de la Policía Municipal sobre el trabajo criminal de Los Aztecas.

La embestida contra la organización de los Carrillo se sintió también en el debilitamiento de su brazo ejecutor en el Cereso. El reo que había sido asesinado el 3 de enero como parte de la carnicería del inicio de 2008 era un hombre de 44 años e inte-

grante de Los Aztecas que había sido herido a balazos en una
riña en la que otros 17 resultaron lesionados, la mayoría de esa
"ganga". Ya sin la protección de las autoridades municipales, la
supremacía Azteca de los dos últimos años en el penal se frac-
turó por primera vez, y la otrora temible organización carcela-
ria fue finalmente derrotada en una batalla. Los rivales, además, no habían sido Los Mexicles, que durante meses fueron el
blanco de su violenta estrategia para ganar el control del territorio, sino los casi adolescentes y en su mayoría asesinos de la
Habitación 16. El enfrentamiento ocurrió la tarde del jueves 3
de enero, alrededor de las 18:00 horas, cuando varios integrantes de la *Doble A* llamaron la atención de los custodios al subir
por la barda que los separa del edificio M o área femenil, en lo
que parecía tratarse de un intento de fuga. Minutos después,
sin embargo, en el circuito cerrado los custodios pudieron ver
que en el interior del hexágono había decenas de reos con el
rostro cubierto golpeando y colocando contra el piso a un grupo de Aztecas a quienes tundían a palazos. La dirección respondió disparando cartuchos de gas desde las torres de vigilancia y el irritante se dispersó hasta la zona de las mujeres e
incluso hasta las casas de la calle Barranco Azul. Los *Doble A*
colocaron barricadas en la entrada y varios portaban armas de
fuego hechizas que, indicaron después las investigaciones ministeriales, fabricaba un ex militar armero en la Habitación 4,
de la zona Mexicle. Cuando el altercado se extendió al patio,
los Aztecas tuvieron que escalar las bardas para escapar a sus
edificios. Hasta allí los alcanzaron a balazos Los Artistas Asesinos, quienes hirieron de muerte por la espalda a un interno
de nombre Miguel Rueda, juarense preso por robo y al que le

faltaban siete días para salir del penal. Recluido en la Habitación 11 de la zona Azteca, el fallecido tenía en el cuerpo nueve tatuajes, tres de ellos con motivos prehispánicos. "Reconocemos sus errores; no estaba ahí por buena persona, no era honrado. Pero nadie es dueño de la vida de nadie y no se vale terminar la vida así", dijo una prima del fallecido, entrevistada días después, cuando también lanzó una premonición: "Si van a seguir así en el Cereso, no sé en qué va a parar esto, porque él no va a ser el último".

Colaboradores del cártel de Sinaloa tanto en el penal como en las calles, Los Artistas Asesinos sellaron con el homicidio de Miguel Rueda su rivalidad a muerte con Los Aztecas. Así creció el orgullo de la pandilla conformada por jóvenes. A ellos los *Indios* no lograron someterlos, como habían hecho con los Mexicles, e incluso los *Doble A* consiguieron demostrar lo contrario: Los Aztecas ya no eran invencibles. Vicente León, entonces de 20 años, por esos días se marcó el nombre completo del núcleo de pertenencia que había encontrado durante los años en los que se suponía que debía alcanzar su readaptación social: la palabra "Artista" le fue tatuada a lo largo de la cara interna del antebrazo izquierdo, y "Asesino" en la del derecho. Cada término medía 24 centímetros de largo por dos de ancho. Luego, las letras "ASA" entrelazadas le fueron trazadas en otro tatuaje, éste de 18 por nueve centímetros, en el centro del pecho. El joven se había mantenido al margen de los enfrentamientos durante ese año y medio en el Cereso e incluso había retomado sus clases de preparatoria, pero seguía en las filas de la organización delictiva y aún mostraba síntomas de ser altamente peligroso. Una entrevista que le realizó el personal de Psicología del penal el 23 de ese mismo enero de 2008 determinó que, pese a los estudios, el joven no presentaba posibilidades de readaptación social ni interés en conseguirla. Su categoría de reo de peligrosidad "máxima", señaló el diagnóstico, indicaba también la necesidad de trasladarlo a un reclusorio de máxima seguridad, como ocurría con decenas de reos que eran enviados a otros penales del país en respuesta a su participación en riñas, o como medida preventiva. La recomendación de los especialistas, sin embargo, no sólo no fue atendida sino que, a mediados de 2008, Vicente recibió la noticia de que volvería a ser enviado a la Escuela de Mejoramiento, a menos de un año de concluir sus 60 meses de castigo. El motivo era una nueva Ley de Justicia Especial para Adolescentes Infractores introducida por la reforma penal y que, a partir del 1 de julio de ese año, obligó a que los menores purgaran la totalidad de sus condenas, aun después de la mayoría de edad, en lugares distintos a donde lo hacían los reos que habían cometido sus delitos siendo adultos.

Así, en julio de 2008, en una patrulla custodiada por varias unidades de Seguridad Pública Municipal a través de las calles de una ciudad literalmente en guerra —donde se habían registrado 540 homicidios y en la que, para ese momento, patrullaban más de dos mil 500 militares—, Vicente León fue trasladado a las nuevas instalaciones de la Escuela de Mejoramiento, ubicadas en la colonia Carlos Chavira, en el extremo suroriente de Juárez. El nuevo edificio sustituía al ubicado en la margen del Río Bravo, el cual había sido casi destruido en el verano de 2006 por el único desbordamiento del afluente fronterizo en años. Ahí se perdió la versión original en papel del expediente de su parricidio. El documento redactado a su regreso al reclusorio juvenil en 2008 registró que, aparte de que el joven presentaba nula relación con sus familiares, a casi nadie había dejado satisfecho el cambio de lugar de internamiento. La familia materna, decía el registro, temía por su propia integridad. Les preocupaba que, al cumplir su condena, Vicente quisiera ir por su hermano C.E., quien se había quedado con sus abuelos y sus tíos desde el día posterior al crimen. El resto de los Chávez lo culpaba además de la muerte del padre de Alma Delia, fallecido en noviembre de 2007 por lo que consideraban un padecimiento derivado del dolor de haber perdido a su hija.

Las reservas en la Escuela de Mejoramiento ante el nuevo inquilino fueron muchas. El personal que lo entrevistó a su llegada reportó que Vicente seguía siendo una persona altamente peligrosa y, peor aún, que por ser mayor de edad y pandillero, además de haber sobrevivido a los peores años del Cereso, podría convertirse en objeto de admiración o en un modelo que interferiría "gravemente" en el proceso de readaptación de los demás adolescentes. El personal también hizo constar en el expediente que Vicente no mostraba evidencia de un deseo real de cambiar su conducta antisocial, que no se había beneficiado con la experiencia de los años pasados, que carecía de sentido de la responsabilidad, que era incapaz de establecer relaciones interpersonales positivas, que no podía controlar sus impulsos y que los castigos eran insuficientes para motivarlo a ser diferente. Se trataba, en síntesis, de una persona incapaz de experimentar sentimientos de culpa.

Otros datos registrados en la ficha de ingreso indicaron que Vicente se había hecho adicto a la marihuana y a la cocaína durante su estancia en el penal para adultos, donde también se hizo los tatuajes que el reporte detalla con precisión. Asimismo, quedó anotado que la relación con la familia había sido nula en los más de cuatro años que habían pasado desde su sentencia y que, en realidad, en todo ese tiempo no tuvo contacto físico con persona alguna del exterior. Por ese motivo, al personal de la Escuela le llamó la atención la visita de unos hombres que, al poco tiempo de su llegada del Cereso, acudieron a buscarlo en camionetas lujosas y de reciente modelo para ofrecerle ayuda y "todo lo que necesitara". Poco después, se asentó en el expediente, lo mismo hizo un agente de la Policía Municipal que, uniformado, se presentó en el penal para hablar con el joven, diciendo falsamente que era de su familia.

A Vicente también le incomodó el traslado del Cereso. La defensa de la vida en el penal para adultos contrastaba con la relativa calma que imperaba entre los menores de edad que ahora conformaban la mayoría de su círculo. Los psicólogos le diagnosticaron entonces una capacidad intelectual superior a la del resto de los internos, un gusto por la excitación que se estaba frustrando por el encierro, un marcado exhibicionismo y una avidez de reconocimiento por parte del grupo. La oportunidad de mostrar su liderazgo surgió poco después de su llegada a la Escuela, cuando otros adolescentes provocaron un conato de riña y él, sin haber participado, se asumió después como parte de los rijosos para recibir la corrección y el castigo. Así, escribieron los psicólogos que lo trataban cada semana, Vicente consolidó su posición jerárquica y el respeto que buscaba. En su expediente, sin embargo, el personal de la Escuela advirtió también que la actitud había obedecido no a la solidaridad con sus compañeros convictos, sino a su necesidad de reafirmar su posición de superioridad porque los demás, agregaron los psicólogos, sólo le interesaban en la medida en que pudieran ser útiles a sus propósitos. Vicente era además una persona que quería causar buena impresión, concluyeron sus evaluadores, pero en realidad era "poco profundo, poco confiable, centrado en sí mismo, frío, superficial e incapaz de establecer relaciones cálidas con los demás". Los terapeutas trataban de convencerlo de los beneficios de buscar un cambio, pero se sabían incapaces de penetrar en su sistema afectivo. Vicente terminó por encerrarse de nuevo en sí mismo, concentrado sólo en cumplir con las actividades de la Escuela, como sus clases de preparatoria, la carpintería o el curso de computación en el que aprendió a manejar los programas Excel, Word y Power Point. El mejor escape, con todo, fue la lectura, en la que dio muestras de una amplia comprensión de los temas de cada texto. Durante los meses siguientes leyó casi un libro por semana, desde *Cumbres borrascosas* hasta *Mujeres, antros y estigmas en la noche juarense*, *Frankestein* y *Prisionero de la verdad*, una biografía del filósofo y matemático inglés Bertrand Russell. Vicente se dio cuenta entonces de cuánto disfrutaba razonar y saber que su capacidad para hacer cálculos correspondía con una inteligencia particular que ya había quedado demostrada. Lo que no le gustaba era que los psicólogos lo cuestionaran por eso, que insistieran en que él buscaba manipular a los demás o que tenía relación con las diversas actitudes de indisciplina que se presentaban en la Escuela, temas sobre los que era constantemente cuestionado por los psicólogos.

Así llegó 2009, cuando también le volvieron los periodos de ansiedad. A sus 21 años, se debatía entre sus pensamientos por el próximo final de su reclusión y el fastidio de los reportes de conducta. Su salida estaba programada para el 21 de mayo y, aunque la idea de volver a estar libre lo emocionaba, al mismo tiempo le producía angustia. Se sabía vulnerable y sin expectativas en una ciudad que, aun cuando fuera ya la más violenta de México, todavía no olvidaba que él era uno de sus peores asesinos, el homicida que siendo adolescente había acabado con casi toda su familia. La mayoría de quienes lo recordaban fácilmente lo imaginaban contratado por alguno de los dos cárteles apenas saliera de la Escuela. Él, que con los psicólogos jamás habló sobre su relación con Los Artistas Asesinos, en una de las sesiones les dijo que quería irse de Juárez, que sabía que jamás podría encontrar algún trabajo y que, en realidad, temía por su vida. Los Aztecas, que en 2008 fueron casi sometidos por las detenciones del Ejército Mexicano, acababan de empezar justo por esos días su contraofensiva a fin de demostrar que no estaban dispuestos a rendirse, realizando ataques cada vez más brutales. Y entre las víctimas, precisamente, estaban Los Mexicles y Los Artistas Asesinos, como los 20 reos del penal estatal que murieron el 4 de marzo de ese año a manos de Aztecas, quienes, con lista en mano, los sacaron de sus celdas, los golpearon, a algunos los empalaron, a otros los degollaron y los arrojaron desde el cuarto piso. *El Dream*, antiguo reo de la Habitación 16 y trasladado al penal estatal desde 2005 al convertirse al cristianismo, fue el primero en ser asesinado.

El tema de la salida a las calles de una ciudad ya totalmente en guerra ocupaba los pensamientos de Vicente, pero seguía sin querer hablarlo con los terapeutas. Así volvió al encierro y a las noches sin dormir en la celda. En Juárez se habían multiplicado exponencialmente los homicidios sin resolver que hacía casi cinco años lo habían convencido de que la vida humana no tenía valor ni significado. Pero ese desprecio, por un natural instinto de supervivencia, no lo aplicaba a sí mismo, aunque imaginara su destino como integrante de Los Artistas Asesinos, ya comprometidos en el negocio de los homicidios por el control del narcotráfico y convertidos en carne de cañón para apagar la sed de venganza de cientos de Aztecas que se rehusaban a dejar la "plaza". El joven cayó presa de la ansiedad. El perfil de autocontrol que había querido mantener en la Escuela y que lo había hecho sobrevivir en el Cereso se convirtió en una conducta que los psicólogos calificaron de errática e impredecible. Un día les decía que quería irse de la ciudad y al siguiente que no sabía qué haría. También quería seguir estudiando, hacer una carrera, pero después eso tampoco lo satisfacía. Quería salir libre, pero a la vez sentía miedo. Los dilemas parecían no tener fin por esos días y así, a los 21 años y casi un lustro después de haber asesinado a sus padres y a su hermana, Vicente León se sintió por primera vez él mismo como una víctima. Estaba cansado de que los psicólogos le preguntaran por su futuro y sus planes, o por la pandilla cuyo nombre se había tatuado en los brazos. No podía responderles.

No a todos en la Escuela, sin embargo, les parecía un hombre peligroso. Óscar Rodríguez, el entrenador deportivo y su consejero espiritual, lo consideraba un joven tan extraordinariamente inteligente que estaba convencido de que, con la conducción adecuada, Vicente habría podido brillar como un ser de bien, tal como lo había hecho como criminal. Rodríguez le tenía paciencia y lo veía cada sábado en la Escuela, durante sesiones de dos horas en las que analizaban diversos capítulos de la Biblia. Al consejero le sorprendía la capacidad crítica del joven homicida y estimaba que era el único de los presos que comprendía que la lectura no era para memorizar la literalidad del texto, sino para tener una referencia a fin de hacer una reflexión sobre su propia vida. Lo admiraba y apreciaba la seriedad y disciplina con la que se conducía pese al aura de monstruosidad que lo rodeaba. Un día, casi a finales de abril de 2009, Óscar se encontró con Vicente en un patio de la Escuela y le pidió que presentara la lectura bíblica del día siguiente. Una vez en la sesión, Vicente sorprendió al grupo señalando que en realidad él nunca se había sentido bien entre ellos, pero que la parte que le habían pedido leer ese sábado había respondido justamente a la necesidad que sentía en ese momento. La identificación con el pasaje bíblico lo había emocionado de tal manera que, pocos días antes de concluir su encierro, decidió que continuaría con las sesiones de espiritualidad. Le gustaba, dijo al resto de los participantes, la idea de que él también se encontraba en un desierto y que, a solas, debía resolver los conflictos de su vida. Con los días finales de su encierro, en mayo de 2009, le volvió un ligero ánimo e incluso participó en un pequeño festival de talento entre los internos. Vicente quería enfrentar sus muchos miedos y decidió que lo mejor sería empezar por mostrarse en público, así que se inscribió para cantar, como había hecho antes su amigo Eduardo —quien por entonces tenía permiso incluso para visitar a sus padres—. Así, pocos días antes de salir de la Escuela, Vicente se atrevió a tomar una guitarra con la que había ensayado una canción cuya inocencia contrastaba no sólo con lo que había sido su vida, sino con su voz gruesa y profunda. Era "La marcha de las letras", del músico mexicano Francisco Gabilondo Soler, *Cri-Cri*, que el joven interpretó en un salón de la Escuela de Mejoramiento primero nervioso, pero después divertido y sonriente ante la hazaña personal que estaba logrando con cada acorde. Al final, recuerda Óscar Rodríguez, Vicente se paró ante el aplauso de sus compañeros y les dijo que les agradecía la atención, porque acababa de vencer uno de sus más grandes temores.

9

Fracturas

SUCEDIÓ POCO DESPUÉS de la 1:30 de la madrugada del miércoles 1 de marzo de 2006, en la zona sur de Ciudad Juárez. Dos camionetas circulaban por la avenida Tecnológico de norte a sur cuando una de ellas, una Grand Cherokee del año, negra y sin placas, fue embestida por una vieja unidad de transporte de personal de una maquiladora. La Cherokee estaba blindada, pero la velocidad con la que se impactó contra el camión, que en ese momento salía de la calle Delicias, fue tal que uno de sus tripulantes murió casi al instante. El vehículo con lujosos interiores de piel color crema quedó manchado de sangre y sufrió daños totales. La unidad de transporte le dio en la parte delantera, destruyendo por completo el cofre, el motor, los cristales de las ventanas y el tablero, además de dejar el metal completamente retorcido y sumido contra el copiloto, contra otro pasajero que también perdió la vida y contra el conductor, quien sufrió lesiones que lo marcaron por el resto de sus días. En la averiguación previa 5533/2006 que se abrió en la Procuraduría estatal por los dos homicidios imprudenciales derivados del accidente, de los cuales fue acusado el chofer del camión, los agentes de Tránsito y del Ministerio Público que intervinieron en el percance reportaron que el conductor de la Cherokee había sido "auxiliado por unas personas de otro vehículo, las cuales lo trasladaron a recibir atención médica", y que "no habían querido proporcionar más datos". Tampoco dieron nombre alguno en el hospital al que acudieron, Poliplaza Médica, adonde llegaron a las 2:38 de la madrugada y de donde se retiraron "inmediatamente", sin informar tampoco cómo se habían provocado las lesiones. Al conductor de la Cherokee no se le identificó en la averiguación previa y los agentes de Tránsito, que fueron los primeros en llegar, dejaron en blanco todos los campos correspondientes a su media filiación y, ante el Ministerio Público, justificaron la omisión diciendo que los implicados no habían proporcionado "información al respecto dadas las horas a las que sucedió el accidente".

El único que estuvo ahí y que fue interrogado por los agentes investigadores fue el chofer de la "rutera", un oaxaqueño de 45 años que esa madrugada acababa de terminar su recorrido dejando a los empleados de una planta de las maquiladoras Lear y que, por error y con el cansancio, omitió hacer el alto antes de incorporar el camión modelo 1989 a la avenida Tecnológico, sobre la que en ese momento, para su mala suerte y la de todo Ciudad Juárez, circulaba la Grand Cherokee negra. Interrogado por los agentes estatales mientras yacía vendado y en bata en una camilla del Hospital de la Familia, en el Centro Histórico de Juárez, el chofer sólo agregó que se había golpeado con la palanca de velocidades de la unidad de transporte al intentar "abrirle" la puerta a alguien, pero no dijo a la policía de quién se trataba. Esa persona, sin embargo, también le había disparado en el brazo derecho, pero el chofer sólo narró en su declaración que perdió la conciencia en el interior del camión, que la recuperó en la ambulancia y que sólo más tarde se dio cuenta de que había recibido un disparo. "Eso fue todo", dijo al Ministerio Público. "No recuerdo nada más qué pasó […], no miré a nadie ni recuerdo nada de lo que pasó."

Mejor era para el conductor de la "rutera" 7304 no recordar nada de lo que según él tampoco había visto esa madrugada del 1 de marzo. Ni siquiera los agentes investigadores hicieron muchas preguntas. En la averiguación previa quedó registrado que el presunto responsable dijo haber sido baleado en su unidad de transporte público, pero no quién o quiénes eran los hombres con los que había chocado y que, según la nota publicada al día siguiente por *El Diario* con fuentes extraoficiales, esa madrugada iban armados y en una caravana en la que también circulaba una Durango color guinda y, antes del accidente, una Cherokee blanca. En el lugar sólo dejaron el cadáver de un hombre alto y robusto, de 1.90 metros de estatura, que quedó debajo del acero con el que estaba reforzada la camioneta negra. Moreno, vestido con pantalón de mezclilla, zapatos de gamuza, camisa de vestir anaranjada y corte de cabello estilo militar, el hombre iba en el asiento del copiloto sin el cinturón de seguridad y terminó casi afuera de la camioneta, con la pierna derecha hacia la unidad ya sin la puerta. En la averiguación previa fue identificado como Jaime Magdaleno Flores, "comerciante" originario de Ciudad Juárez, de 32 años y residente de la colonia Morelos II. Los antecedentes que arrojaron los archivos periodísticos, no obstante, agregaron que Magdaleno Flores había sido agente de la Policía Municipal de Juárez entre 1994 y 2005 y que, pese a que desde 2001 era uno de los principales sospechosos de "levantar" a un par de capitanes de la corporación —uno de ellos su compañero de patrulla—, apenas un año antes del accidente se había retirado con ese grado.

El último esfuerzo ministerial que quedó registrado en la averiguación previa por determinar quiénes podrían ser los acompañantes de Magdaleno Flores en el accidente —porque ni siquiera se tomó fe del disparo reportado por el conductor en su declaración— fue citar a declarar al hombre que, en la mañana posterior al choque, acudió a la casa del fallecido para avisar a los familiares que su ex colega había muerto. Se llamaba Jorge Baca, tenía entonces 30 años y también era agente de la Policía Municipal, pero él en activo desde 1997. Pero a Baca jamás lo localizó el Ministerio Público para declarar sobre lo ocurrido esa madrugada de marzo. Antes fue asesinado, cuando un presunto integrante de Los Aztecas le disparó a quemarropa en la cabeza en el interior del Centro de Atención a Clientes de Telcel en noviembre de 2007. Ese día, la camioneta Durango, la misma en la que al parecer había rescatado a los accidentados de la Cherokee negra blindada, quedó afuera del negocio de teléfonos, en el estacionamiento del centro comercial Galerías Tec. Su apellido sería el tercero de la lista de "los que no creyeron", aparecida el 26 de enero de 2008. Le decían *El Cuatro*.

Baca y los de la Cherokee negra sin placas iban armados, en caravana y a toda velocidad esa madrugada de marzo de 2006 porque acompañaban al jefe de facto del narcotráfico en Ciudad

Juárez y casi todo Chihuahua. Era el *Dos Letras* o *JL*, el joven sinaloense que había llegado como sicario a esta frontera y que para ese 2006, cuando no pasaba de los 34 años, era el representante indiscutible e incluso consentido de Vicente Carrillo Fuentes. Su principal mérito era una lealtad a la organización a toda prueba y, más aún, su capacidad para mantener articulada la más grande red de protección y operación de policías y ex policías en la historia de la ciudad, como los que asesinaron a las víctimas halladas en Las Acequias o los que viajaban con él la noche del accidente, y que se hacían llamar La Línea.

Su apodo empezó a circular en los medios de Juárez alrededor de 2004, luego de que el informante del gobierno norteamericano que condujo a los hallazgos de los cuerpos en Las Acequias lo señalara como el jefe de la operación de los Carrillo en esta frontera y probable autor intelectual de los 12 homicidios y de las inhumaciones clandestinas. Con base en esa revelación, hecha en Estados Unidos, el *JL* quedó identificado ante los dos gobiernos federales, pero, mediante pagos semanales de cientos de miles de dólares —hasta dos mil, o más de 20 mil pesos por policía—, el capo mantuvo durante al menos cuatro años a diversos agentes mexicanos de los tres niveles de gobierno a su entera disposición. A él se atribuía también el control de todas las entradas de droga por carreteras, aeropuertos y brechas que llegaban a Chihuahua, así como la creación de un impuesto a la mercancía que no fuera de Vicente Carrillo, como la de *El Chapo* Guzmán, cuya circulación por Chihuahua había empezado a aumentar a partir de su fuga de Puente Grande en 2001. Con ese dominio territorial, el *JL* logró imponer también un férreo control sobre el narcomenudeo y casi todos los negocios relacionados con el de la droga en Juárez, como el robo de vehículos, necesarios para cometer los "levantones" y los homicidios, así como para pasar la mercancía a Estados Unidos.

Su obsesión era el control total de esta "plaza". Le gustaba, sobre todo, "peinar" Juárez casi avenida por avenida en las famosas caravanas de camionetas blindadas en las que tanto insisten los corridos que se han compuesto para exaltarlo. Con su grupo de escoltas, casi todos policías o ex policías armados con metralletas AK-47, recorría, por ejemplo, la avenida Manuel Gómez Morín desde la entrada del Valle hasta que se convierte en avenida De la Raza y que, varios kilómetros al poniente, se interna de lleno en el Centro Histórico, la zona de mayor venta de droga. También vigilaba la avenida Tecnológico, sobre la que se encuentra el Capon's, un bar en el que se reunía con otro ex policía que, a los pocos días del hallazgo de Las Acequias, tuvo el gesto de ponerle ese nombre al negocio, ubicado a pocos metros de donde había sido hallado el cementerio clandestino. Varias fuentes entrevistadas aseguran que la consigna de las caravanas era "levantar" a quienes los elementos policiacos o Los Aztecas reportaran por vender droga al margen de la organización de Carrillo Fuentes. Una vez secuestrados, los "levantados" eran llevados a casas de seguridad, se les revisaban los teléfonos, se les confiscaba la mercancía y se les hacía identificar al proveedor. Luego eran asesinados y, en muchas ocasiones, enterrados en fosas ubicadas en casas como la de Las Acequias y otras que el Ejército Mexicano empezó a encontrar a partir de 2008. Otras víctimas de La Línea eran simplemente abandonadas en la vía pública.

Así controlaba el *JL*. Era incluso relativamente sencillo detectar su presencia en las calles de la ciudad por aquellos años. Ciertos informados indicaban, por ejemplo, que una Hummer amarilla estacionada afuera del bar Mango's —sobre la avenida De la Raza— significaba que el capo estaba en el lugar, cuya barra era desalojada en cuanto él entraba para que se sentara al centro, sólo con sus guardaespaldas en cada esquina. Era moreno, regordete y con unas abultadas mejillas que acentuaban su imagen imberbe y que contrastaban con el poder que ostentaba y con su fama de asesino despiadado. Los corridos en su honor narran también que llevaba una pistola calibre .38 súper con cacha de oro y diamantes, fajada a la cintura en una funda que además exhibía sus famosas dos letras grabadas. Los corridos agregan que poseía una voz "que hacía retumbar los suelos". Pero la principal característica que se le conocía era la sangre fría para cometer los homicidios. El disparo a la cabeza era su sello, como después lo serían sus inesperadas reacciones con las que atacó incluso a integrantes de su propio bando. Así, con cuatro tiros de gracia disparados a quemarropa, murió el dueño del Capon's, el ex policía Luis Antiga, de 35 años, uno de sus principales hombres y quien a los 20 días del accidente con el camión fue asesinado en su negocio por dos hombres encapuchados que le dispararon con metralletas primero por la espalda y luego en los hombros, el abdomen y el tórax. Ya derribado, uno de los enmascarados se le acercó y le dio los cuatro balazos, uno de ellos justo entre las cejas.

Por eso al *JL* le decían también *El Loco* o *La Bestia*. Años después se le atribuiría ser el cerebro detrás de la mitad de los miles de homicidios cometidos al menos hasta finales de 2009 en Ciudad Juárez. Era tan impredecible que incluso se atrevió a amenazar a Vicente Carrillo Leyva, el hijo de Amado Carrillo y quien en una declaración ante la Subprocuraduría de Investigación Especializada en Delincuencia Organizada relató que el JL le había reclamado por no haberse quedado con el negocio de su padre. "Es un sanguinario y me amenazó de muerte desde hace aproximadamente dos años y medio", añadió Carrillo Leyva en marzo de 2009, cuando igalmente mencionó otro dato característico del JL: "Como seña particular, cojea de un pie".

Las secuelas del choque agudizaron profundamente la violencia del sinaloense. Una fuente que lo vio en el hospital dijo haberlo encontrado sin varios dientes y casi totalmente vendado. Otros no esperaban que se recuperara, y otros aseguran que fue ahí donde adquirió el defecto al caminar sobre el que había hablado Vicente Carrillo Leyva y que al parecer le molestaba sobremanera. Su comportamiento empeoró notablemente después del accidente contra la "rutera". Al homicidio del Capon's le siguieron una serie de "levantones" y ejecuciones que los policías estatales atribuyeron ante los medios a un reacomodo "en la organización criminal que opera en esta frontera" y que, tan sólo en la tercera semana de abril de 2006, dejaron cinco víctimas con tiros de gracia en la cabeza. El JL estaba fuera de control. Por eso, varios empezaron incluso a creer que habría sido mejor que hubiera muerto en el accidente.

Uno de ellos era Julio Porras, un ex policía judicial federal de 52 años que vivía en la ciudad de Chihuahua, donde se hacía pasar por empresario. A su nombre, en el Registro Público de la Propiedad tenía una casa de cambio y una constructora, además de que popularmente se le relacionaba desde entonces con un bar llamado La Caldera. En el este de El Paso, aparte, tenía un taller mecánico de nombre West Texas Diesel Repair. Un testigo en un juicio por narcotráfico que se realizó en 2010 en esta ciudad texana, y quien identificó a Porras como *El Viejón*, lo describió como el encargado de controlar a la Policía Ministerial en la capital de Chihuahua para Vicente Carrillo.

El problema de Julio Porras con el *JL* surgió cuando al primero, creyendo que *El Loco* no sobreviviría al accidente en la Cherokee, se le ocurrió proponerle a Vicente Carrillo Fuentes que lo sustituyeran por otro jefe en Juárez. Porras, sin embargo, no sólo no logró cambiar al *JL*, sino que no pudo evitar que éste se enterara de sus intenciones ni que se desatara su furia, por lo que, luego del ajuste de cuentas de finales de abril en esta frontera, lo primero que hizo el joven capo de Juárez fue ir a vengarse de *El Viejón* a Chihuahua. Así, el 19 de mayo de 2006, el ex policía fue blanco de un atentado en su casa en la colonia San Felipe, del que logró escapar gracias a la custodia que recibía de agentes del gobierno municipal panista de la capital y del grupo que controlaba en la Procuraduría estatal. El saldo fue de dos municipales asesinados y una camioneta Yukon baleada que, se supo días después, estaba asignada a un agente ministerial de la zona sur de Parral, en el extremo sur de Chihuahua. Este agente, a su vez, tuvo que declarar que daba protección a Porras por órdenes del ex jefe de la Policía Ministerial en Juárez, José Luis Núñez Nava, uno de los incondicionales de *El Viejón*. La fuerte influencia que Porras tenía en el gobierno de José Reyes Baeza molestaba a la parte del gabinete que conformaba el círculo cercano del mandatario desde sus años de estudiante en la Facultad de Derecho de la Universidad Autónoma de Chihuahua, como la procuradora Patricia González. Sin embargo, el poder de Porras nunca fue cuestionado por Reyes Baeza, quien pese a la oposición de sus ex compañeros mantuvo la orden de que se siguieran las instrucciones del narcotraficante. Un mensaje anónimo dejado en varios medios el 25 de mayo de 2006 explicaba que el control sobre el gobernador provenía de los pagos que Porras hacía al tío del mandatario, el ex gobernador y entonces candidato a senador Fernando Baeza Meléndez. Lo notable desde 2004 fueron los enfrentamientos entre Patricia González y el grupo de policías asignados por Porras, los cuales mantuvieron en tensión y bajo constantes cambios al Ministerio Público hasta el final de ese sexenio. Porras tenía también evidentes diferencias con el primer secretario de Seguridad Pública Estatal de Reyes Baeza, Raúl Grajeda Domínguez, un abogado caracterizado por su sobrepeso y quien, después del ataque en San Felipe, recibió una amenaza anónima que se atribuyó a Porras. Otro mensaje que llegó a varias salas de redacción advertía que *El Viejón* estaba por formar una nueva organización que le disputaría el poder al grupo dominante, todavía bajo control de un enloquecido pero severamente golpeado *JL*.

De acuerdo con lo que Grajeda relató cuatro años después en un proyecto de libro que no publicó pero que entregó a *El Diario*, una vez que Porras rompió con el *JL* en mayo de 2006, no formó una nueva organización, como advertía el anónimo, sino que se alió con el grupo que desde hacía varios meses quería dejar de pagar impuestos al cártel de Juárez y, desde Sinaloa, entrar de lleno para quedarse con el territorio de Chihuahua. A balazos, si era necesario. Grajeda —quien también confirmó haber recibido desde 2004 la orden de Reyes Baeza de obedecer a Porras— refirió que lo que *El Viejón* hizo para vengarse del atentado del *JL* fue empezar a "vender información al cártel de Sinaloa", el cual, agregó el ex funcionario, se aprovechó de la pugna en la Procuraduría estatal y de la lucha interna en La Línea tras el accidente en la Cherokee negra en Juárez. "Con ello", escribió Grajeda, "daría comienzo la guerra entre cárteles, la peor guerra entre 'narcos' que registre la historia de México".

Otro testimonio que indicó que Julio Porras dejó a Vicente Carrillo para trabajar al servicio del cártel de Sinaloa fue el del ex policía municipal juarense Jesús Manuel Fierro Méndez, quien en un juicio por distribución de más de mil kilos de marihuana en El Paso declaró que *El Viejón* no sólo se cambió al bando de *El Chapo*, sino que terminó en Estados Unidos dando información al gobierno sobre el cártel de Juárez. Fierro Méndez, que durante 10 años fue policía municipal en esta frontera, también reveló en el juicio haber trabajado en Juárez como asistente de Ismael *El Mayo* Zambada —segundo en la estructura del cártel de Sinaloa— y, ante pregunta expresa, admitió que, como Porras, "hubo varias personas que trabajaban para Vicente Carrillo y que se fueron a trabajar para *El Chapo*". Fierro Méndez agregó que, luego de un intento de asesinato, en abril de 2008 él mismo empezó a colaborar con el Departamento de Inmigración y Aduanas de Estados Unidos (ICE). Su contacto, dijo el ex agente, era una persona que identificó como jefe del ICE en El Paso y quien, próximo a ser removido de la zona, quería dar un golpe para quedarse más tiempo y así concluir la investigación que había empezado: "Era el que tenía la mayor cantidad de información del *JL*", refirió el ex policía.

Fierro Méndez agregó que, antes de ser testigo del gobierno norteamericano, Porras rompió definitivamente con Vicente Carrillo cuando éste ordenó asesinarlo ante su insistencia de que sacara al *JL* de Juárez. El argumento de *El Viejón* ante Carrillo, aseveró Fierro Méndez en la corte, era que, bajo el mando del *Dos Letras* y con la llegada de *El Chapo* a la entidad, todo Chihuahua se bañaría de sangre; un viejo ex policía federal como Porras "previó desde hace años lo que está pasando ahora [en 2010]", añadió. Un mando sumamente violento como el *Dos Letras* terminaría por conducir al resto de los integrantes de la organización a una barbarie sin control.

Y así ocurrió. La violencia surgida con la llegada de *El Chapo* para disputar al *JL* el control del narco en Ciudad Juárez rebasó los límites de lo imaginable desde los primeros meses de 2008. En enero hubo 46 homicidios, 49 en febrero, 117 en marzo, 916 para agosto… La ciudad se convirtió en campo abierto de una guerra que, además de mostrar un salvajismo sin precedentes, era difícilmente descifrable. Ante la falta de investigación y explicación oficial, las únicas pistas que surgieron en esos primeros meses fueron los escritos dejados por los propios homicidas: el cártel de Sinaloa estaba provocando una serie de fracturas internas en el cártel de Juárez. Así lo explicó un mensaje dejado la mañana del 23 de mayo, cuando en un terreno baldío ubicado entre una escuela religiosa y una maquiladora se encontró a cinco hombres asesinados, dos de ellos decapitados, con las cabezas en bolsas negras sobre sus cuerpos y una cartulina con el texto: "Esto les pasa a los pinches traidores que se van con la finta del Chapo Guzmán monta-perros que sólo les garantiza la muerte, sigue mandando más pendejos para tirártelos. Atte. La Línea". El cártel de Sinaloa respondía con el mismo alarde de impunidad: "Para los marranos del JL. Creen que poniendo mantas y quemando negocios de los ciudadanos y desmadrando el comercio van a ganar la plaza pinches lakras que no se dan cuenta que son una agonía y que nunca han tenido nada. Dónde están los ministeriales y municipales que levantaban y mataban a su antojo… por qué no dan la cara, no que muy chingones? Dónde están los compas que traías patrullando? Y no somos monta-perros. Somos monta-marranos", decía una manta colocada días después en el estacionamiento de un centro comercial, bajo la cual dejaron además dos cargadores de metralleta AK-47. A ese ritmo, y pese al despliegue de dos mil militares en marzo, en los primeros días de mayo de 2008 se romperían todas las marcas. Tan sólo en las primeras horas del día 12 fueron asesinadas ocho personas a balazos en diferentes hechos. Una a las 12 de la noche, otra a las 3:40 horas, otra a las 4:30, otra a las 9:30, una más a las 14:00 y tres a las 15:40.

Las autoridades federales de Estados Unidos identificaron a Los Aztecas como autores de al menos la mitad de los homicidios que se habían registrado en la guerra por Ciudad Juárez. Citando fuentes del gobierno estadounidense, el periódico *Washington Post* reportó en 2010 que los *Indios* se habían convertido en una sofisticada máquina de homicidios, especializada en ubicar a los enemigos, acecharlos y por último emboscarlos a balazos incluso a plena luz del día, utilizando además varios vehículos, comunicaciones de radio codificadas, maniobras coordinadas de bloqueo de calles y una disciplinada capacidad de fuego por parte de hombres enmascarados y protegidos con chalecos antibalas. Después de atacar, Los Aztecas simplemente se desvanecían entre las calles de Juárez y se refugiaban en casas de seguridad o cruzaban la frontera hacia El Paso.

Según el gobierno del estado de Chihuahua, en la barbarie participaron también jóvenes no Aztecas que fueron reclutados por el cártel de Juárez para entrar en el negocio de los homicidios. De acuerdo con testimonios atribuidos a presuntos multiasesinos detenidos, La Línea contrató grupos de hasta ocho individuos —hombres jóvenes, la mayoría menores de 30 años y habitantes de las colonias más pobres— y les asignó el trabajo de asesinar a personas cuyos nombres iban quedando escritos en diversas listas. Los testimonios, vertidos en diferentes audiencias dentro del nuevo sistema de justicia penal, indicaron también que los integrantes de estas células se distribuían el trabajo en la ciudad por distritos policiacos y que aun dentro del grupo tenían tareas específicas, ya que mientras algunos sólo limpiaban armas, otros ubicaban a los objetivos o manejaban los vehículos —las más de las veces robados—; otros, llamados "halcones", vigilaban las calles de la presencia de militares o enemigos, y otros eran los que disparaban, casi siempre desde los vehículos en movimiento o en el domicilio de las víctimas, a las que llamaban por su nombre y las eliminaban en cuanto salían. La narración atribuida a los detenidos describía también el ingreso a la célula. "Un vecino me invitó a que si quería matar gente por dinero. Mi primer trabajo fue ejecutar a un vendedor de drogas en Riveras del Bravo, un señor que se había 'bañado' con cocaína, y nos fuimos a verlo yo y la Estrella a un Del Río; ya nos había dicho un señor llamado 'Perro' cómo era y quién era, y nos subimos yo y la Estrella a una Blazer y nos acercamos al punto donde nos dijeron que era, en Riveras del Bravo etapa nueve. Cuando llegamos [el objetivo] estaba parado, vestía tirantera y pantalón negro. Él pensaba que lo íbamos a subir a la camioneta, que se le iba a entregar mercancía, ya que él era de los trabajadores que vendían cocaína, y luego llegamos en la Blazer y la Estrella me dijo que me bajara. Yo traía una [calibre] .40. Le di en cinco ocasiones; luego nos fuimos a una casa y ahí nos estuvimos un rato a que pasara el día. Luego me di cuenta de que ése iba a ser mi trabajo para conseguir dinero." Los integrantes de la célula cobraban por semana salarios de entre dos mil y cinco mil pesos (poco menos de 500 dólares), así mataran a tres o a 20 personas en esos días.

Al negar la veracidad de las confesiones que los vinculaban con La Línea, los detenidos —casi todos oriundos de Ciudad Juárez y quienes declararon vivir en colonias como la Azteca, Praderas del Sur, Zaragoza o Salvárcar— aseguraron trabajar como técnicos de refrigeración, vendedores de ropa usada, empleados de pequeños restaurantes u otras actividades en las que ganaban, en promedio, unos 500 pesos a la semana. Ninguno de ellos contaba con carrera profesional y había incluso quienes sólo habían llegado a tercer año de primaria.

Si bien contra algunos detenidos había ciertos indicios de probable responsabilidad —una madre de familia me dijo que identificó al sospechoso del homicidio de su nieto cuando el Ejército y el gobierno del estado publicaron las fotografías de los detenidos—, el problema con los procesos judiciales era que el Ministerio Público sólo contó con la información de las declaraciones de los arrestados por la Operación Conjunta Chihuahua, todas rendidas en la guarnición militar y, según aseveraron diversos detenidos durante audiencias, luego de haber sido "levantados" en lugares siempre distintos a los registrados en los informes militares —otro patrón de la investigación castrense— y después de horas de tortura física y psicológica.

Así, sin presentar pruebas plenas o verosímiles o libres de sospecha sobre la probable responsabilidad de los detenidos, el Ejército comenzó a atacar de manera sistemática los intereses de los Carrillo Fuentes. Los Aztecas, sobre todo, empezaron a ser detenidos casi en masa, como un grupo de 21 que, apenas un mes después de la aparición de la cartulina contra "los que no creyeron", fueron presentados ante los medios de comunicación en la guarnición militar severamente golpeados. Luego cayeron los principales jefes del *JL* en la región, como Pedro Sánchez, quien durante años controló las operaciones de los Carrillo en Villa Ahumada, un poblado a medio camino entre Juárez y Chihuahua, convertido por el narco en una especie de centro de almacenaje de droga desde donde parten cientos de brechas hacia la frontera con Estados Unidos. Pedro Sánchez, alias *El Tigre*, fue detenido el 13 de mayo en Parral en una balacera contra efectivos militares que lo detuvieron, de acuerdo con la milicia, en poder de una identificación de la Agencia Federal de Investigaciones de la PGR. Luego, el 10 de julio, fue detenido Gonzalo García, otro importante jefe del cártel en la zona sur del estado. García, conocido como *El Chalo*, fue capturado en un hotel del poblado Lázaro Cárdenas, donde se encontraba en compañía de un hombre cuyo hermano había sido aprehendido tres días antes por los militares. A cada detención le seguía un reguero de sangre que pronto abarcó todo el estado.

Apenas cuatro días después de que Pedro Sánchez fuera arrestado en Parral, una balacera de tres horas en Villa Ahumada dejó un saldo de seis personas asesinadas, ocho "levantadas" y casi una decena de casas perforadas por los impactos de las metralletas. En caravanas de varias camionetas en cuyas cajas viajaban entre cuatro y siete hombres, los atacantes —probablemente al servicio del cártel de Sinaloa— recorrieron encapuchados y armados las calles del poblado entre las 11 de la noche y las tres de la madrugada, aprovechando una oportuna salida de los militares que vigilaban el lugar. "Ese día fue el relevo, cuando llegaron los dos mil elementos, y el personal que se encontraba en Villa Ahumada se retiró a la ciudad de Chihuahua y luego a la ciudad de México, y al siguiente día llegó el relevo del personal, pero esa noche se aprovechó para llevar a cabo esa situación", dijo el general Felipe de Jesús Espitia, jefe de la Operación Conjunta Chihuahua, cuando le pregunté por la falta de militares justo esa noche.

Con sus 136 homicidios, mayo se convirtió en uno de los primeros meses más violentos en la historia de cualquier población de México. La brutalidad que alcanzarían los enfrentamientos entre los dos cárteles fue anunciada a través de un par de correos electrónicos que empezaron a circular en Ciudad Juárez, en los que se recomendaba a la población limitar sus actividades en lugares públicos entre el 23 y el 25 de mayo puesto que, en esos días, una gran masacre anunciaría la llegada de Joaquín *El Chapo* Guzmán. Los correos anónimos fueron retomados aun por el Consulado General de Estados Unidos en Ciudad

Juárez, el cual dio aviso a los ciudadanos de aquel país sobre lo que estaba por ocurrir. Las advertencias surtieron efecto. En la tarde y la noche del sábado 24, las calles de la ciudad lucieron inusualmente vacías. Siempre había pensado que la pasión por la diversión nocturna sería lo último que cederíamos los habitantes de esta frontera, y estaba ocurriendo justo esa noche, cuando bares y restaurantes cerraron antes de lo acostumbrado, conscientes todos de que las amenazas tenían fundamento. Diez personas fueron asesinadas tan sólo el viernes 23, y otras ocho al día siguiente. Al cerrar el mes, ya se habían registrado 100 homicidios más que los alrededor de 300 contabilizados en todo 2007. La violencia no haría más que dispararse en los meses siguientes, con 139 asesinatos en junio, 146 en julio, 228 en agosto, 118 en septiembre y 181 en octubre. El Día de Muertos mexicano, el 2 de noviembre, encontró a Juárez sumida en el luto de las familias de las más de mil 200 personas que habían sido asesinadas para ese momento de 2008. El terror ya no era una palabra exagerada para describir el ambiente de la ciudad. Decenas de negocios, además, habían sucumbido entre incendios más tarde atribuidos a los mismos cárteles, los cuales castigaban de esa forma a los empresarios de la agrupación enemiga o, simplemente, a quienes se negaran a pagar "la cuota" o extorsión, delito que antes no existía en la ciudad y que, como los secuestros, empezó a proliferar como parte de la violencia.

Los símbolos que daban cuenta de la evolución de la guerra entraron en una etapa aún más agresiva, sanguinaria y explícita en ese penúltimo mes de 2008. La mañana del martes 4 de noviembre, los estudiantes del Colegio de Bachilleres 6 se encontraron con el cadáver de un hombre que presentaba un tiro en la cabeza y estaba cubierto con una máscara de cerdo, bajo la cual escurría sangre, y atado con esposas a la reja de una ventana entre la avenida Manuel Gómez Morín y la calle Faraday, a pocos metros de la escuela preparatoria que se había hecho tristemente célebre por el parricidio de Vicente y que se ubicaba casi frente a la Estación de Policía Cuauhtémoc. La víctima, escribió Armando Rodríguez, fue identificada como David Cerpa, de 33 años. "Esto les va a pasar a todos los aztecas que están apoyando a los marranos", decía una manta dejada a un lado y firmada por *El Chapo*. La Línea respondió con una brutalidad igual o incluso más ostentosa. La madrugada del jueves siguiente, los conductores que circularon por esa misma arteria alrededor de las cuatro y media fueron los sorprendidos al descubrir, en el cruce con la avenida Tecnológico, desde lo alto del Puente Rotario —conocido popularmente como "al revés"—, el cuerpo colgado de un hombre decapitado, con las manos atadas a la espalda y a un lado otro mensaje: "Yo Lázaro Flores [propietario de Las Anitas y quien, antes de rentar sus instalaciones para que acamparan las tropas del Ejército Mexicano en ese parque acuático, ya había sufrido un atentado a balazos] apoyo a mi patrón el monta-perros. Atención Garduño, hermanos Fierro, de la O y los putos mayitos. Atte. La Línea". El cuerpo estuvo colgado unas tres horas, hasta que elementos del Ejército Mexicano cerraron el tráfico durante media hora para descolgarlo. Poco después, hacia las ocho de la mañana, la cabeza fue encontrada en una bolsa de plástico en la Plaza del Periodista, a pocos metros del Centro Histórico de Juárez.

Al cabo de cuatro días, alrededor de las 6:45 de la mañana del lunes 10 de noviembre, el cadáver de un hombre calcinado y

cercenado de ambos brazos fue abandonado junto a la malla ciclónica que protege la estación policaca Cuauhtémoc. Junto a las
extremidades, los homicidas dejaron un par de encendedores y
un mensaje aún más largo que los anteriores: "Para los de La Línea y Aztecas. Aquí Héctor Calzada, quemador de negocios y ex-
torsionador lacra chalán de Pablo Ríos Rodríguez el Jl y de Vicente Carrillo. Puercos así van a acabar todas estas lacras que
acabaron con la paz de Juárez. atte. El cártel de Sinaloa. Y aquí
está en la plaza El Chapo Guzmán. Q.P. [Quita-puercos]".

Armando Rodríguez, quien junto con otros reporteros de la
ciudad había recibido amenazas de muerte desde finales de enero de ese año, escribió las notas de los tres hechos, pero sólo en
el caso de la víctima con la máscara de cerdo citó el nombre del
cártel que se atribuía el crimen y parte del texto de la manta colocada junto al cadáver. Días después, al escribir las notas sobre
el hombre colgado en el "puente al revés" y el calcinado de la
Estación Cuauhtémoc, Rodríguez ya no mencionó ninguno de
esos datos. No sé si en algún momento sintió el hallazgo de la cabeza en la Plaza del Periodista como una advertencia. Tampoco
si tomó nota del mensaje emitido por el gobernador José Reyes
Baeza el mismo lunes 10, cuando el mandatario visitó la Universidad Autónoma de Ciudad Juárez y, pocas horas después del
hallazgo del cuerpo frente a la estación policiaca, lo primero que
dijo a los reporteros que lo entrevistaron fue que evitaran ser
utilizados como "juguetes" por los grupos de la delincuencia organizada y que publicaran sólo los hechos, "sin autocensura",
pero también "sin más información" sobre los narcotraficantes.

Dos días después, a las ocho de la mañana del frío jueves 13
de noviembre, el reportero Armando Rodríguez fue asesinado

afuera de su casa, en el interior de su vehículo, donde también iba la mayor de sus tres hijos, una niña de ocho años. Rodríguez recibió 10 impactos de bala calibre 9 milímetros, la mayoría en el abdomen. El homicida hizo un trabajo extremadamente profesional. Le disparó primero a través del vidrio de la portezuela y luego por el panorámico, dándole siempre en el abdomen. Armando, "nuestro querido Choco" —como le llamó su viuda en una esquela—, quedó sentado con la cabeza ligeramente recargada hacia la puerta izquierda del Tsuru blanco que le había asignado el periódico, con la sangre apenas perceptible a través de la chamarra color azul. Una imagen de su hija mayor en el funeral, abrazando una fotografía de su padre y lanzando al horizonte una mirada de profunda tristeza con sus ojos color miel, pende todavía de una pared de la sala de redacción.

Un día después del homicidio, *El Diario* reprodujo una nota de Armando publicada el 29 de octubre y que, a juicio del medio, era "la más polémica". La información, firmada en coautoría con un reportero de Chihuahua, reportaba el asesinato de un sobrino de la procuradora Patricia González a bordo de un vehículo de la dependencia (sin ser empleado) y, con ese motivo, retomaba el historial de narcotráfico de la víctima, de su acompañante e incluso de otros miembros de la familia política de la procuradora, como un cuñado detenido con 33 envoltorios de cocaína.

Sin responder a la alusión, a principios de 2009 la procuradora presentó a la dirección del periódico información según la cual el principal sospechoso del homicidio del periodista era un ex policía judicial estatal y presunto integrante de La Línea, cuyo

móvil sería acallarlo luego de que *Choco* proporcionara información a otro periodista que más tarde obtuvo asilo político en Estados Unidos. La funcionaria, según comunicó a *El Diario*, había
obtenido los datos de un informante que oyó una conversación
en la que un hombre alardeaba sobre la forma en la que su padre, el ex judicial, habría asesinado al reportero. "Escucha cuando el sujeto [...] le dice al joven, de 25 años, hijo del ex policía
judicial, lo siguiente: 'Tu papá andaba culeando el otro día...', y
el hijo responde: 'Pero bien que se quebró al pinche periodista,
para que no anduviera de hocicón'".

La PGR, por su parte, abrió también una averiguación previa que, para junio siguiente, ya había incluido una línea de investigación derivada de la nota de Rodríguez sobre los vínculos
de la familia de la procuradora con el narco y que requería, según escribió el agente del Ministerio Público asignado al caso,
José Ibarra Limón, solicitar a la funcionaria el contenido de las
diligencias realizadas en torno al homicidio de su sobrino. Esto,
escribió Ibarra Limón en una tarjeta informativa que entregó a
El Diario en junio de 2009, con el fin de medir "la posibilidad de
que tales personas involucradas en tales hechos se encuentren
involucradas en la ejecución de Armando Rodríguez". Un mes
después de esa entrevista, la noche del 27 de julio, el agente Ibarra Limón fue asesinado, igual que Armando, a balazos frente a
su vivienda, al bajar de su camioneta. Su crimen, como varios
que investigaba, sigue sin ser esclarecido.

Sumaban ya más de dos mil homicidios en lo que iba de
2009. El ambiente de la ciudad era el de un caudal de aguas negras en el que cualquier confianza era peligrosa, al igual que la
velocidad con la que la mutilación de cuerpos y la cifra de más

de ocho homicidios al día se convertía en una práctica cotidiana, como la multiplicación del ruido de los balazos, el miedo y la incapacidad general para comprender la dimensión de la barbarie que, en menos de dos años, había hecho del asesinato uno de los delitos más comunes. Al pensar en Vicente León, solía concluir que, si él había asumido que podía matar sin consecuencias desde 2004, era claro que ninguna persona o institución de la ciudad o del país estaba preparada para enfrentar lo que podría estarse gestando en la mente de las decenas de miles de niños que crecían y veían normal esa plaga de muerte violenta.

La violencia se convirtió en la única salida a cualquier frustración, gestada en los rincones más profundos de nuestro subconsciente, lista para emerger en su estado más natural, libre de cualquier consideración moral que pudiera contenerla. Entre los miles de crímenes de los que he tenido conocimiento en esta ciudad, dos, registrados desde principios de 2008, me parecieron un claro ejemplo de esa naturalidad criminal. El primero ocurrió justo el 21 de enero, minutos después del homicidio del capitán experto en pandillas Francisco Ledesma y también en el suroriente de la ciudad, en el fraccionamiento Horizontes del Sur, donde una madre de familia de 31 años y embarazada de ocho meses fue asesinada a puñetazos y hachazos por su suegro, un hombre de 58 años que, al consumar el crimen, salió de la casa y se dirigió al Cereso, donde dijo a los policías que quería entregarse porque acababa de "cometer una tontería". La víctima, que quedó tirada en el baño cubierta de sangre y con el hacha todavía en medio del cráneo, fue asesinada delante de sus dos hijos pequeños, uno de los cuales, de 11 años, llamó por teléfono a su padre para avisar que su abuelo estaba golpeando a su madre en el baño. Cuando se presentó ante el Cereso y fue entrevistado por los reporteros, el homicida, de nombre Juan Manuel López Gutiérrez, señaló que todo había iniciado la noche anterior a raíz de una discusión que tuvo con su nuera "por un sillón", y que al día siguiente decidió vengarse.

Menos de un mes después, alrededor de las seis de la tarde del 4 de febrero, Ismael Carrasco, de 47 años, mató a su ex concubina a cuchilladas en el interior de un minisúper en la colonia Héroes de la Revolución, también en el sur de Juárez. Ahí, el agresor sostuvo una discusión con la víctima, de 42 años, y con la hija de ésta, quien lo empujó provocando que su madre interviniera en la pelea y que Carrasco las atacara con una navaja que llevaba en el pantalón, asesinando a la madre con heridas en la cabeza y en el pecho. En la audiencia de vinculación a proceso a la que fue sometido tras haber sido identificado por el empleado de la tienda —quien narró cuando la víctima se acercó a la caja a pedir ayuda bañada en sangre y cubriéndose el estómago con las manos, hasta que cayó al suelo—, Carrasco interrumpió la defensa que hacía su abogada pública para aceptar delante del tribunal su responsabilidad y, al mismo tiempo, explicar sus motivos. "Yo hice mal, señor juez, lo reconozco y me arrepiento gacho, pero lo hice a raíz de que fue tanta la presión de tanto insulto y tanto agravio. Quería que quedara claro que esto derivó de una situación que tenía meses y meses en los que nunca se les detuvo ni por el robo de mi casa ni por los daños. Nos hicieron la vida imposible, y nos separamos. Después me balearon la casa. Yo todavía traté de rehacer mi vida y nunca molesté a Margarita, pero seguí sufriendo amenazas de la familia de ella. En el súper, Verónica se me echó encima y Javier [el yerno de la víctima] me dijo que me iba a morir. Ya me habían baleado la casa, y Seguridad Pública tiene los reportes… Javier es asaltante y amagaron también con matar a mi hijo", narró el hombre ante el Tribunal de Garantía.

VICENTE LEÓN no tenía muchas opciones al quedar en libertad en mayo de 2009. La profunda crisis de inseguridad que estalló por la guerra de cárteles, y que incluyó una ola de extorsiones y secuestros, se combinó con la crisis económica y financiera que enfrentaba Estados Unidos desde finales de 2007, por lo que, para esa fecha, en el estado se habían perdido ya más de 100 mil empleos, la gran mayoría en maquiladoras de esta ciudad. Por su parte, los negocios locales estaban cerrando a un ritmo tal que pronto el fenómeno se estimaría en unos 10 mil casos. Decenas de miles de metros cuadrados de espacio disponible en naves industriales por todos los rumbos de la ciudad se ofertaban para renta o venta. El Instituto Municipal de Investigación y Planeación calculaba también en más de 100 mil las viviendas vacías o abandonadas para entonces, casi un 25 por ciento del total.

El narcotráfico seguía siendo una de las pocas fuentes de trabajo. Como La Línea, el cártel de Sinaloa empezó pronto a formar sus células de asesinos repartidos en casas de seguridad en diferentes colonias. Algunas detenciones y diversos testimonios revelaron que había integrantes de Los Artistas Asesinos que vivían en "oficinas" en colonias como Hacienda de las Torres o Municipio Libre, en el suroriente de la ciudad. En ellas guardaban armas —en una fueron encontrados cuatro fusiles AK-47, un AR-15, una granada de humo y más de 700 cartuchos de diferentes calibres— e incluso encerraban a las víctimas de secuestro, que empezaron a proliferar por esos años. La mayoría de los integrantes de las células tenían menos de 25 años y, al igual que los reclutados por La Línea, se dividían el trabajo entre quienes investigaban a las víctimas, quienes las ejecutaban y quienes cuidaban de las casas, entre otras labores. Una fuente indicó que los salarios que pagaba La Línea eran como los del cártel de Sinaloa, de alrededor de tres mil pesos por semana.

Pero el trabajo duraba poco. Los integrantes de Los Artistas Asesinos estaban siendo aniquilados por Los Aztecas —mucho mayores de edad— al mismo ritmo que éstos por los aliados de *El Chapo*. La muerte de *El Dream* y de varios Mexicles y Artistas Asesinos en el penal estatal en marzo de 2009 también había sido una de las mayores demostraciones de fuerza de Los Aztecas y de La Línea en su largo periodo de resistencia a los intentos de la "gente nueva" por desplazarlos. Apenas el 30 de julio habían sido encontrados los restos de un hombre decapitado y cercenado de pies y manos, sobre los que fue dejado un mensaje: "Vamos por los demás secuestradores del doblete".

Poco se sabe de lo que hizo Vicente León en los tres meses que transcurrieron entre su salida de la Escuela de Mejoramiento Social para Menores, el 21 de mayo de 2009, y la noche del 24 de agosto, cuando se reunió con Iván Vital Castañón, un joven de su edad con antecedentes penales de robo desde los 16 años e identificado como cabecilla en turno de Los Artistas Asesinos. Vital, de hecho, tenía apenas 15 días de haber salido de una reclusión de menos de un año en el Cereso estatal luego de ser absuelto en un juicio oral por robo. La acusación en su contra indicaba que había sido detenido por formar parte de un grupo que, en septiembre de 2008, ingresó armado en una maquiladora, tomó un montacargas y trató de arrancar un cajero automático hasta que empezaron a oírse las sirenas de la Policía Municipal. Uno de los testigos que lo identificó ante el Ministerio Público, sin embargo, se retractó en 2009 diciendo que se había equivocado de persona.

Vital Castañón, hijo de una pareja separada y cuyo padre residía en El Paso, había estado en la Habitación 16 entre septiembre y noviembre de 2008, cuando fue trasladado al Cereso estatal, donde logró sobrevivir al exterminio realizado por La Línea en febrero anterior, cuando murió *El Dream*.

Vital estaba oficialmente desempleado, pero tenía recursos para vestir a su gusto. Esa noche, como era el estilo entre varios *Doble A*, Vital portaba una playera amarilla marca Hollister de manga corta, un pantalón de mezclilla Tommy Hilfiger y unos tenis blancos marca Puma. Vicente llevaba camisa café de manga larga, pantalón de mezclilla azul —ambos sin marca— y zapatos de catálogo Divano.

Los dos se subieron a un vehículo Mitsubishi modelo 1988 con placas del estado de Chihuahua y, poco después de la una de la madrugada ya del 25 de agosto, llegaron hasta la calle Ramón Rayón, una de las más importantes de la zona suroriente, a un puesto callejero de tacos que llevaba el nombre de la ciudad sinaloense de Los Mochis, en la colonia Papigochi. No habían recibido siquiera la comida cuando al menos dos tiradores se acercaron hasta la mesa metálica pintada de rojo con logotipos de Coca-Cola en la que estaban sentados. No tuvieron tiempo para defenderse. Los gatilleros abrieron fuego y, a muy corta distancia, les dispararon en al menos 65 ocasiones con armas de calibre 9 milímetros y .40. Vicente quedó a pocos metros de la calle, sobre su espalda, con al menos 16 heridas de bala. Le perforaron los glúteos, las piernas, los brazos y el pecho, y casi le destrozaron la cabeza. La trayectoria de las balas también le laceró el hígado, un pulmón, el intestino delgado y el corazón. Los proyectiles en el cráneo le destruyeron la masa encefálica y finalmente, de acuerdo con la necropsia, le provocaron una muerte instantánea. Iván Vital corrió casi con la misma suerte: 14 impactos le destrozaron el pecho, el estómago y la cara, además del cráneo, el corazón, el hígado y los intestinos. Ambos quedaron en medio de un profuso charco de sangre. Vicente, seguramente por la fuerza de los disparos que recibió en el lado izquierdo, terminó ligeramente sobre ese costado y con la mano derecha, ya ennegrecida por la falta de circulación, sobre el torso entre sus propios rastros hemáticos. Su pierna derecha hizo el mismo movimiento de contorsión hacia el lado izquierdo. El fotógrafo forense lo captó con la boca entreabierta y los ojos a medio cerrar. Salvo por el rictus de dolor o de pánico, conservaba los mismos rasgos de cuando era adolescente. Los pómulos levantados, la ceja poblada, la tez clara, sin bigote, con el cabello casi al rape. Seguía igual de delgado. El Ministerio Público abrió entonces la carpeta de investigación 20012, equivalente al número de delitos del fuero común que se habían cometido en Ciudad Juárez hasta ese entonces. El documento, como todos los expedientes, fue minucioso en la descripción física de las dos víctimas, en la de sus heridas y aun en la del recorrido de las balas por el interior de cada cuerpo. En la averiguación también se adjuntaron las fotografías de Vicente en la morgue, con los tatuajes que lo identificaban como Artista Asesino en cada uno de los brazos y el de las iniciales "ASA", perforado por los balazos que recibió en el tórax. Detrás de él se observan otros cuerpos, también desnudos y cosidos a balazos sobre las planchas metálicas del Servicio Médico Forense, que ese año se había colapsado en varias ocasiones por la falta de cupo para tantas víctimas.

Pero eso fue todo. Nada más se investigó sobre el homicidio del adolescente cuyo parricidio había sacudido a Juárez hacía cinco años. A diferencia de lo que ocurrió con el caso de su familia, en el expediente que se abrió por su muerte no hay más narrativa ni más preguntas. El puesto de tacos quedó iluminado y con evidencias de que al menos el empleado pudo haber visto lo sucedido, pero en la carpeta no hay registro de entrevista alguna ni rastreo de más testigos, ni un solo dato que permita determinar quién pudo haber cometido el crimen y por qué. En su caso no hubo historia ni verdad ni un criminal, como lo había sido él mismo, dispuesto a contar con soltura y casi con alivio los detalles de su crimen y sus motivaciones.

De la muerte de Vicente y la de su acompañante de esa noche sólo se supo que quedaron en decúbito dorsal, sobre el pavimento y entre las dos mesas y el puesto. Ese 25 de agosto de 2009, en Juárez mataron a otros 11 hombres; cinco de ellos en un solo hecho. Para las tres de la madrugada iban nueve víctimas, incluidos Vicente e Iván.

La hermana mayor de Iván se enteró del homicidio muy temprano al día siguiente, al ver el noticiero en la televisión y reconocer la playera amarilla. Junto con el padre del fallecido, ambos identificaron el cuerpo, que finalmente fue trasladado a la ciudad de El Paso para darle sepultura.

A Vicente, en cambio, nadie fue a recogerlo. Casi tres meses después de permanecer en las instalaciones de los servicios periciales de Juárez junto con otros 15 cadáveres, Vicente León Chávez terminó inhumado en solitario, acompañado únicamente por el personal forense que de cuando en cuando acude al panteón municipal San Rafael para enterrar en cajas individuales pero en una fosa común a quienes comparten ese destino en esta frontera, casi todos asesinados.

Agradecimientos

GRACIAS a mi familia —mami, papi, Maye, Yaz, Bichín, sobrinos y sobrinas— por su amor incondicional y su apoyo a mi trabajo. A Alejandro Páez, por no cejar en su impulso para que piense siempre en mayores proyectos. Para Marcela Turati, por ayudarme a definir la estrategia para empezar, terminar y salir adelante en los días de pánico que me causó este "parto". A Lourdes Cárdenas y Carlos Canales, por leer los borradores de los capítulos y no escatimar en correcciones y, sobre todo, en palabras de aliento para que continuara. Para mis compañeros reporteros y amigos de *El Diario* y del resto de los medios de Ciudad Juárez, por sus constantes ejemplos de valentía y entereza —en especial para mis queridas Araly Castañón, Gaby Minjares, Rocío Gallegos, Blanquita Carmona y Lucy Sosa—. A Paty Muñoz, por la amistad y su invencible confianza en este libro.

Fuentes

Capítulo 1. El crimen

Celebran hoy su día. Rodean carencias a bomberos / Necesarios 240 elementos más, el doble de máquinas y seis estaciones / martes 22 de agosto de 2006 / PEDRO SÁNCHEZ BRIONES / *El Diario*

Sin esclarecer 23 ejecuciones / Ningún caso del 2004 ha sido consignado a un juez / viernes 21 de mayo de 2004 / ARMANDO RODRÍGUEZ / *El Diario*

Un volado cambió la vida / Narra Uziel el antes y después de los asesinatos / miércoles 26 de mayo de 2004 / SANDRA RODRÍGUEZ / PEDRO TORRES / *El Diario*

Homicidio familiar / "Convenció a amigos por ser más listo" / jueves 27 de mayo de 2004 / GUADALUPE FÉLIX / *El Diario*

Declaran trabajadores y familiares del menor / Odio y envidia, motivos del triple homicidio / domingo 23 de mayo de 2004 / RAMÓN CHAPARRO / *El Diario*

Capítulo 2. La ciudad

Por accidente, golpe a cártel de la droga / Sin orden de cateo, localizan infraestructura de vehículos y bodega de narcóticos / martes 28 de octubre de 1997 / ARMANDO RODRÍGUEZ / *El Diario de Juárez*

Catean refugio de narcos; cinco autos blindados / Actúa policía ante denuncia ciudadana en Satélite; aún no hay detenidos / lunes 27 de octubre de 1997 / FÉLIX A. GONZALEZ / *Norte de Ciudad Juárez*

Vehículos blindados: afloran nombres Asume PGR las investigaciones; ocultan destino de la flotilla del crimen organizado / jueves 30 de octubre de 1997 / EVERARDO MONROY CARACAS / *El Diario*

Hallan cadáver en un canal, con huellas de apuñalamiento / martes 15 de septiembre de 1992 / *Norte de Ciudad Juárez*

Relacionan con narcotráfico 7 crímenes en Ciudad Juárez / viernes 09 de junio de 1995 / *El Heraldo de Chihuahua*

Ejecutan a 6 en restaurante local / Sujetos penetraron anoche al Max Fim y abrieron fuego; una persona importante, entre las víctimas / lunes 04 de agosto de 1997 / *El Diario*

Director del Guernika, socio de narco / Era comandada por una vendedora de cosméticos; ganó 9 mdd en dos años / jueves 11 de septiembre de 1997 / *El Diario*

Buscan a testigo clave de masacre / Guardaespaldas alcanzaron a repeler agresión / miércoles 06 de agosto de 1997 / *El Diario*

Identifican a objetivo de masacre / Sicarios vaciaron dos cuernos de chivo en una mesa del Max Fim / martes 05 de agosto de 1997 / SALVADOR CASTRO / *Norte de Ciudad Juárez*

Víctima de masacre era dueño de Max Fim / Antes de ser acribillado, Alfonso Corral Olague compró parte del local; usó como mediador a abogado baleado / jueves 04 de septiembre de 1997 / *Norte de Ciudad Juárez*

Ligan muerte de médicos con Max Fim /

Investigan a Prado Reynal y su participación en restaurante / lunes 25 de agosto de 1997 / ARMANDO RODRÍGUEZ / El Diario

Existe relación entre masacres de agosto y otros crímenes: López Molinar / Entre las víctimas hay inocentes e individuos relacionados con el narcotráfico / miércoles 01 de octubre de 1997 / El Diario

Encuentran conexión Prado-ejecutado / Crearon empresas en sociedad, el occiso y el suegro de abogado baleado; lavaba Loya dinero de cártel / miércoles 19 de noviembre de 1997 / ROBERTO RAMOS / Norte de Ciudad Juárez

Relacionan ejecución con narcobodega / miércoles 19 de noviembre de 1997 / Diario de Chihuahua

Ex diputado dio credencial a más gente ligada a narcoescándalos / jueves 20 de noviembre de 1997 / Diario de Chihuahua

Sucesores de Amado ejecutan a deudores / Asegura procurador que tienen nombres y hasta fotos de sicarios / jueves 20 de noviembre de 1997 / MANUEL E. AGUIRRE / Norte de Ciudad Juárez

Procurador Arturo Chávez Chávez / Se debe combatir a la delincuencia sin transgredir el Estado de Derecho / jueves 20 de noviembre de 1997 / El Heraldo de Chihuahua

Crece la lista de ejecuciones asociadas al narco en Ciudad Juárez / Resolverlos, reto del nuevo gobierno de Chihuahua / sábado 10 de octubre de 1998 / MARIO HÉCTOR SILVA / El Financiero

Hallan 2 cadáveres en narcofosa / Confirma PGR el hallazgo en la ranchería 'La Campana' / miércoles 01 de diciembre de 1999 / ARMANDO RODRÍGUEZ / HUGO CHÁVEZ / El Diario

'Hay cientos de ranchos con víctimas': ex agente / jueves 02 de diciembre de 1999 / PATRICIA GIOVINE / El Diario

Quinto día: abren La Campana / sábado 04 de diciembre de 1999 / ALEJANDRO GUTIÉRREZ / ALEJANDRO QUINTERO / ARMANDO RODRÍGUEZ / El Diario

Ligan a federales en crímenes / Suman 5 personas bajo investigación por hallazgos de restos en narcofosas / sábado 04 de diciembre de 1999 / ARMANDO RODRÍGUEZ / El Diario

Denuncian a federales y militares Vigilantes de La Campana acudirán ante PGJ y CEDH; se quejan de abusos y secuestro / domingo 05 de diciembre de 1999 / FELICIANO ANGUIANO / Norte de Ciudad Juárez

Irrumpe con violencia PGR en casa-fortaleza en Waterfill / Aseguran 'narcobúnker' / Hace inventario de mobiliario; logra Norte imágenes del Interior de propiedad / miércoles 29 de diciembre de 1999 / SALVADOR CASTRO / Norte de Ciudad Juárez

Piden buscar más cuerpos en otras fincas / lunes 26 de enero de 2004 / ARALY CASTAÑÓN LEOS / El Diario

Exigen investigar narcobúnker / Durante plantón realizado ayer denunciaron que las autoridades cuentan con información fidedigna de que la finca, ubicada en la calle Luna 747 del fraccionamiento El Pensamiento fue utilizada para sepultar a hombres y mujeres víctimas de desaparición forzada / domingo 30 de noviembre de 2003 / ROSA ISELA PÉREZ / Norte de Ciudad Juárez

A Juarez Story of Traffickers and the Police / 29 de diciembre de 1999 / SAM DILLON / The New York Times

Confiesan los tres arraigados / Advierten que hay más cuerpos; mujer lleva a detenciones / jueves 29 de enero de 2004 / MARTÍN EDUARDO ORQUIZ / SANDRA RODRÍGUEZ / El Diario

Excavan otra casa federales / Catean sexta vivienda en la búsqueda de más cadáveres / jueves 05 de febrero de 2004 / ROBERTO RAMOS / El Diario

Excavan en otra vivienda / martes 17 de febrero de 2004 / ROBERTO RAMOS / El Diario

¿Quién es Humberto Santillán? / miércoles 28 de enero de 2004 / LORENA FIGUEROA / El Diario

Hallan uno más en narcofosas / Ya son cuatro; estaba la nueva víctima bañada con yeso líquido / lunes 26 de enero de 2004 / ARMANDO RODRÍGUEZ / El Diario

Iban sicarios tras informante prófugo / Objetivo de atentado en EP era testigo protegido que escapó de tutela de EU, revelan / jueves 09 de septiembre de 2004 / ALBERTO PONCE DE LEÓN / El Diario

Aún prófugos, a 1 año de narcofosas / Desolada, finca de Las Acequias permanece como un testigo mudo / Sin aparecer, agentes ligados a ejecuciones / domingo 23 de enero de 2005 / ARMANDO RODRÍGUEZ / El Diario

Arrestan 13 judiciales / jueves 29 de enero de 2004 / ARMANDO RODRÍGUEZ / MARTÍN EDUARDO ORQUIZ / El Diario

Capítulo 3. El plan perfecto

Homicidio familiar / "Convenció a amigos por ser más listo" / jueves 27 de mayo de 2004 / GUADALUPE FÉLIX / El Diario

Nadie sospechaba de parricida / Manifestaba conducta normal: maestros y compañeros de escuela / martes 25 de mayo de 2004 / MARGARITA HERNÁNDEZ / Norte de Ciudad Juárez

Queda delito impune / Menor al 1% la probabilidad de que ilícitos sean juzgados aquí / martes 22 de febrero de 2005 / SANDRA RODRÍGUEZ NIETO / El Diario

Sospechan que era ex convicto el encobijado / miércoles 19 de mayo de 2004 / ARMANDO RODRÍGUEZ / El Diario

Acribillado cerca del galgódromo / Identifican a ejecutado / jueves 20 de mayo de 2004 / ARMANDO RODRÍGUEZ / El Diario

Tiroteo frente a PGR / Fallece herido en balacera / Había sido detenido en 1989 por posesión de cocaína / jueves 20 de mayo de 2004 / ARMANDO RODRÍGUEZ / El Diario

Duró todo 2 minutos / jueves 20 de mayo de 2004 / ARMANDO RODRÍGUEZ / El Diario

Van nueve muertos en sólo una semana / martes 25 de mayo de 2004 / ARMANDO RODRÍGUEZ / El Diario

Hallan cuerpo de mujer estrangulada / martes 25 de mayo de 2004 / ARMANDO RODRÍGUEZ / El Diario

Repudian la violencia y exigen justicia alumnos, maestros y padres de familia / Marchan por la paz / Intervienen kínder, primaria y un Colegio de Bachilleres donde estudian hijas de mujer victimada / sábado 22 de mayo de 2004 / MARTÍN EDUARDO ORQUIZ / El Diario

Capítulo 4. La conciencia

Calcinan a familia / Detienen al hijo como presunto responsable / sábado 22 de mayo de 2004 / ARMANDO RODRÍGUEZ / ALEJANDRO QUINTERO / El Diario

Confiesa el hijo su crimen / domingo 23 de mayo de 2004 / ROBERTO RAMOS / El Diario

Declaran trabajadores y familiares del menor / Odio y envidia, motivos del triple homicidio / domingo 23 de mayo de 2004 / RAMÓN CHAPARRO / El Diario

Priva desconcierto entre familiares de calcinados / lunes 24 de mayo de 2004 / RAMÓN CHAPARRO / El Diario

Preocupa a Iglesia índice de violencia / domingo 23 de mayo de 2004 / GUADALUPE FÉLIX / El Diario

Habla menor que participó en crimen / Debí haberlo pensado / martes 25 de mayo de 2004 / PEDRO TORRES / El Diario

Creímos que policía no investigaría: parricida / Agentes están de adorno, dice autor de crimen familiar / miércoles 26 de mayo de 2004 / SANDRA RODRÍGUEZ / PEDRO TORRES / El Diario

Urdieron crimen desde principios de mayo / Planearon un secuestro... llegaron al triple homicidio / miércoles 26 de mayo de 2004 / PEDRO TORRES / SANDRA RODRÍGUEZ / El Diario

Culpan a prensa por "la idea de impunidad" / Cuando los casos se resuelven no se les da tanta publicidad: Subprocuraduría / jueves 27 de mayo de 2004 / PEDRO TORRES / El Diario

A un año, naufraga Plan de Seguridad / Incumplen compromisos 3 niveles de gobierno / miércoles 21 de julio de 2004 / SANDRA RODRÍGUEZ NIETO / El Diario

Conciencia e impunidad / ¿Estamos frente a un caso extremo de la descomposición social? / domingo 30 de mayo de 2004 / PEDRO TORRES / ROCÍO GALLEGOS /

GABRIELA MINJARES / RAÚL GÓMEZ FRANCO / CÉSAR CRUZ / *El Diario*
Acuchillan a estudiante / Se registra riña entre alumnos de Bachilleres 6 / jueves 03 de junio de 2004 /ARMANDO RODRÍGUEZ / *El Diario*
Abstencionismo llega a 60% en el estado / Sólo votó 34% de juarenses / lunes 05 de julio de 2004 / ÉRIKA TALINA PEREA / SANDRA RODRÍGUEZ NIETO / *El Diario*
También deseó matar a sus padres / martes 01 de junio de 2004 / *El Diario*
Triple homicidio / Dan formal prisión a 2 de los implicados / jueves 27 de mayo de 2004 / JAVIER SAUCEDO ALCALÁ / *El Diario*
Homicidio familiar / Rechaza haber prestado pistola / jueves 27 de mayo de 2004 / SANDRA RODRÍGUEZ NIETO / *El Diario*

Capítulo 5. Impunidad

Persiste ineficiencia de PGJE pese a nuevo sistema de justicia / Ubican a un responsable en sólo tres de cada cien delitos / domingo 12 de septiembre de 2010 / SANDRA RODRÍGUEZ NIETO / *El Diario*
Son peritos y les toca recoger y examinar a los asesinados / domingo 24 de abril de 2011 / SANDRA RODRÍGUEZ NIETO / *El Diario*
Fosas ratifican corrupción / Narcopolicías, una vieja historia aquí / lunes 02 de febrero de 2004 / SANDRA RODRÍGUEZ NIETO / *El Diario*
Usaron a muertas para crear "leyenda negra" / "Aprovecharon" tragedia autores, partidos, medios de comunicación, ONGs y gobiernos / lunes 05 de junio de 2006 / GABRIELA MINJÁRES / SANDRA RODRÍGUEZ NIETO / *El Diario*
Impidió aquí el activismo comprender feminicidios: Universidad de Yale / martes 21 de abril de 2009 / SANDRA RODRÍGUEZ NIETO / *El Diario*

Capítulo 6. El sistema

Sentencian a diez por doce feminicidios / Dan de 24 a 40 años a integrantes de

bandas de los Rebeldes y Toltecas / viernes 07 de enero de 2005 / CÉSAR CRUZ SÁENZ / SANDRA RODRÍGUEZ / *El Diario*
Caso Viviana Rayas enloda a ex procurador y jueces / Una historia de torturas, presiones del padre de la víctima, expedientes mal integrados... y los presuntos culpables están hoy libres / lunes 03 de enero de 2005 / SANDRA RODRÍGUEZ NIETO / *El Diario*
Feminicidios: libre quien pagó abogado / Cinthia Kiecker gastó 180 mil dólares; tuvieron otros únicamente defensores de oficio / domingo 09 de enero de 2005 / SANDRA RODRÍGUEZ / *El Diario*
Crímenes de mujeres / Tolteca: "No soy un angelito, pero..." / Acusa fabricación y pago de testigos así como ser un chivo expiatorio / sábado 08 de enero de 2005 / SANDRA RODRÍGUEZ NIETO / *El Diario*
Coinfiaban sus hijas en inocencia de "El Tolteca" / miércoles 18 de noviembre de 2009 / SANDRA RODRÍGUEZ / MARTÍN ORQUIZ / *El Diario*
Se defiende solo, reo sentenciado / Asegura Rosales Juárez que es inocente del asesinato de una mujer / martes 11 de enero de 2005 / SANDRA RODRÍGUEZ NIETO / *El Diario*
Cuestionan identidad de otra de las víctimas / Restos de Elizabeth Castro no pasaron por prueba de ADN; acusan a Sharif de su asesinato/ viernes 04 de marzo de 2005 / SANDRA RODRÍGUEZ NIETO / *El Diario*
Feminicidios / Pide Sharif exhumación de víctima/ jueves 03 de marzo de 2005 / SANDRA RODRÍGUEZ NIETO / *El Diario*
Señala reporte que desecharon pruebas / 30 cuerpos en la fosa común fueron enterrados en bolsa y sin rótulos, señalan / viernes 21 de enero de 2005 / SANDRA RODRÍGUEZ NIETO / *El Diario*
Homicidios de mujeres / Tienen 53 restos de mujeres sin identificar / Detectan forenses argentinas errores y contradicciones en expedientes de la Procuraduría de Justicia estatal / jueves 20 de enero de 2005 / SANDRA RODRÍGUEZ NIETO / *El Diario*
Feminicidios en Ciudad Juárez / Hay casos

Capítulo 7. Artistas Asesinos

2007 / SANDRA RODRÍGUEZ NIETO / El Diario

Aumenta 66% el suelo urbanizable en 3 años / viernes 27 de abril de 2007 / SANDRA RODRÍGUEZ / El Diario

Obtuvo ex alcalde 20.3 mdd por venta de terrenos en laguna / viernes 18 de julio de 2008 / SANDRA RODRÍGUEZ NIETO

Impulsaron El Barreal particulares; están hoy en gobierno / Liderados por el ex alcalde Quevedo, actuales funcionarios prometieron diques que originaron inundación / viernes 18 de julio de 2008 / SANDRA RODRÍGUEZ NIETO / El Diario

Implican a más funcionarios y constructores en problemas de inundación / lunes 21 de julio de 2008 / SANDRA RODRÍGUEZ NIETO / El Diario

Atrapan a banda de asaltantes / Son los presuntos atracadores de la Feria Expo, Trajusa y el Centro Médico de Especialidades / domingo 01 de julio de 2001 / ARMANDO RODRÍGUEZ / El Diario

Los Bufones / Ex policía, miembro de la banda / A El Dream, líder de la pandilla, lo acusan del asesinato de un joyero y un obrero / lunes 02 de julio de 2001 / ARMANDO RODRÍGUEZ / El Diario

Se disputan control del Cereso / Narcotraficantes pelean por manejar contrabando de drogas / jueves 25 de octubre de 2001 / ROBERTO RAMOS / El Diario

Madre de preso planeó la fuga / sábado 27 de julio de 2002 / ARMANDO RODRÍGUEZ / El Diario

Comandaba peligrosa banda delictiva en Ciudad Juárez / Sentencian a 20 años de cárcel a el "Dream" / viernes 10 de septiembre de 2004 / DAVID ALVÍDREZ LÓPEZ / El Diario

Prófugo mata a policía / Balea banda de asaltantes a tres agentes; hay 2 heridos / sábado 10 de agosto de 2002 / ARMANDO RODRÍGUEZ / El Diario

Banda de asaltantes mata a agente ciclista y deja heridos a otros / Acribillan a policías / Los desarmaron y les quitaron unidad; cabecilla acababa de fugarse del Cereso / sábado 10 de agosto de 2002 / CARLOS HUERTA / Norte de Ciudad Juárez

Tensión en Cereso / Desarman reos a guardia; causan movilización de Ejército y Policía / miércoles 30 de abril de 2003 / ROBERTO RAMOS / El Diario

Cómplice de El Dream / Intenta fugarse otro reo / lunes 05 de mayo de 2003 / ARMANDO RODRÍGUEZ / El Diario

Darán a reos aromaterapia en zona de máxima seguridad / Con olores y música quieren rehabilitarlos; se inconforman por el traslado / sábado 05 de junio de 2004 / ROBERTO RAMOS / El Diario

Vicente León, acusado de matar a sus padres y hermana, cumple un año de reclusión / Vive preso en el remordimiento y soledad / lunes 23 de mayo de 2005 / CECILIA GUERRERO ORTIZ / El Diario

Son pandilleros mayoría de internos del Tribunal / El 30% de menores están detenidos por cometer homicidio / jueves 23 de diciembre de 2004 / PEDRO SÁNCHEZ BRIONES / El Diario

Capítulo 8. Aztecas

Batalla a muerte / domingo 18 de diciembre de 2005 /ARMANDO RODRÍGUEZ / El Diario

Matan 6 en Cereso / Pelea entre internos y motín dejan 46 heridos / Participan en trifulca al menos 2 mil 200 reos / Histeria entre familiares; cesan a jefe de custodios / domingo 18 de diciembre de 2005 / BLANCA CARMONA / ARMANDO RODRÍGUEZ / El Diario

Culpan de motín a custodios / Dieron macanas, armas y abrieron puertas a agresores, declaran reos; se indaga versión: Reyes / martes 20 de diciembre de 2005 / MARTÍN EDUARDO ORQUIZ / JAVIER SAUCEDO ALCALÁ / ARMANDO RODRÍGUEZ / El Diario

Indagan por muertes a celadores y agentes / Confirman indicios de participación de custodios en motín; pueden ser acusados de asesinato: Reyes / miércoles 21 de diciembre de 2005 / ARMANDO RODRÍGUEZ / SANDRA RODRÍGUEZ NIETO / El Diario

Hay 40 implicados en motín de Cereso / Al menos 13 son funcionarios del penal: procuradora / viernes 23 de diciembre de 2005 / ARMANDO RODRÍGUEZ / ORLANDO CHÁVEZ ECHAVARRÍA / *El Diario*

Caen los primeros custodios / Detienen a 3 por motín en Cereso; faltan otros seis, dice procuradora / domingo 01 de enero de 2006 / ARMANDO RODRÍGUEZ / *El Diario*

Consignan a juzgado penal el expediente del Cereso / viernes 30 de diciembre de 2005 / ARMANDO RODRÍGUEZ / *El Diario*

17 reos muertos en 1 año y medio / jueves 21 de junio de 2007 / SANDRA RODRÍGUEZ NIETO / *El Diario*

Celadores azuzaron a Los Aztecas para atacar a Mexicles / Contradice video versión del director del reclusorio /sábado 23 de junio de 2007 / ARMANDO RODRÍGUEZ / SANDRA RODRÍGUEZ NIETO / *El Diario*

Atribuye EU a Aztecas más de mil homicidios / lunes 05 de abril de 2010 / *El Diario*

Dividen el Cereso / Para evitar riñas, separan a "Los Aztecas" de "Los Mexicas"; revelan que crece una tercera banda / sábado 11 de septiembre de 2004 / JAVIER SAUCEDO ALCALÁ / *El Diario*

No me arrepiento: parricida / A 2 años de haber matado y calcinado a sus padres y hermana, Vicente León dice que no tiene miedo de nada / domingo 28 de mayo de 2006 / JAVIER SAUCEDO ALCALÁ / *El Diario*

La Frontera, Base de Operaciones del "Chapo Guzmán" / En los últimos tres años, Guzmán Loera opera desde distintas plazas cercanas a la frontera con los Estados Unidos / lunes 02 de julio de 2007 / ALBERTO PONCE DE LEÓN / *El Diario*

Hostigan la ciudad 2,110 pandilleros / El 80% de robos ocurre por ladrones fichados por la policía, reconocen / martes 28 de noviembre de 2006 / SONIA ISABEL AGUILAR / *Norte de Ciudad Juárez*

Tribunal para menores / Semillero de pandilleros / domingo 19 de marzo de 2006 / ÉDGAR PRADO CALAHORRA / *El Heraldo de Chihuahua*

Persiste la tensión entre reos del Cereso / lunes 28 de mayo de 2007 / SANDRA RODRÍGUEZ NIETO / *El Diario*

Fernando El Cary Romero / Un funcionario marcado por la polémica / martes 21 de agosto de 2007 / SANDRA RODRÍGUEZ / *El Diario*

Guerra de pandillas en Cereso: 2 muertos / jueves 21 de junio de 2007 / MAURICIO RODRÍGUEZ / ARMANDO RODRÍGUEZ / SANDRA RODRÍGUEZ NIETO / ARALY CASTAÑÓN LEOS / *El Diario*

Controlan reclusos el Cereso: director / miércoles 04 de julio de 2007 / SANDRA RODRÍGUEZ NIETO / *El Diario*

Asesinan a 2 hombres; uno pagaba el teléfono / Ex policía municipal y transportista, las víctimas / martes 20 de noviembre de 2007 / ARMANDO RODRÍGUEZ / *El Diario*

Encuentran adolescente carbonizada / jueves 20 de diciembre de 2007 / ARMANDO RODRÍGUEZ / *El Diario*

Lesionan con armas a 6 en distintos sectores / sábado 15 de diciembre de 2007 / ARMANDO RODRÍGUEZ / *El Diario*

Realizarán retrato hablado de asesinos de cliente en licorería / domingo 23 de diciembre de 2007 / ARMANDO RODRÍGUEZ / *El Diario*

Hallan un ejecutado en colonia Santa Rosa / Lo tiraron a un lado de las vías; presumen que se trata del ex sargento secuestrado el miércoles / sábado 22 de diciembre de 2007 / ARMANDO RODRÍGUEZ / *El Diario*

Hallan dos cuerpos en predio en despoblado / Estaban uno al lado del otro, cerca de la carretera a Casas Grandes / domingo 23 de diciembre de 2007 / ARMANDO RODRÍGUEZ / *El Diario*

Resultó ex judicial el hombre hallado con tape en cabeza y pies / martes 25 de diciembre de 2007 / ARMANDO RODRÍGUEZ / *El Diario*

Confirman identidad de juarense asesinada por paseño en Ruidoso / miércoles 26 de diciembre de 2007 / ARMANDO RODRÍGUEZ / *El Diario*

24 asesinatos en 14 días; cero detenidos / martes 15 de enero de 2008 / ARMANDO RODRÍGUEZ / *El Diario*

Pega bala perdida a niña que dormía / miércoles 02 de enero de 2008 / N. GONZÁLEZ / J. M. CRUZ / *El Diario*

Trasladan el cuerpo de la estudiante a Mi-

choacán / martes 08 de enero de 2008 / ARMANDO RODRÍGUEZ / *El Diario*
Un muerto y 17 heridos en Cereso / viernes 04 de enero de 2008 / M. ORQUIZ / A. QUINTERO / *El Diario*
Asesinan a tres en 8 horas / sábado 05 de enero de 2008 / ARMANDO RODRÍGUEZ / *El Diario*
Asesinaron a hombre para robarle sus tenis / martes 08 de enero de 2008 / ARMANDO RODRÍGUEZ / *El Diario*
Era yonkero el ejecutado del martes / jueves 10 de enero de 2008 / ARMANDO RODRÍGUEZ / *El Diario*
Continúa su búsqueda: PGJE / Relacionan a sicarios con grupo de la sierra / miércoles 16 de enero de 2008 ARMANDO RODRÍGUEZ / *El Diario*
Cae por narco / Arrestan en El Paso a Saulo Reyes, quien fue director operativo de la Policía Municipal con Héctor Murguía / viernes 18 de enero de 2008 / LORENA FIGUEROA / *El Diario*
Al parecer fue citado: vocero / lunes 21 de enero de 2008 / BLANCA CARMONA / *El Diario*
Caso Cháirez Hernández / Usaron arma con balas que atraviesan blindaje / martes 22 de enero de 2008 / ARMANDO RODRÍGUEZ / *El Diario*
En trece meses, 14 policías asesinados / lunes 21 de enero de 2008 / MARTÍN ORQUIZ / *El Diario*
Un ministerial y un municipal, las víctimas / Mata comando a 2 agentes / miércoles 30 de mayo de 2007 / ALEJANDRO QUINTERO / *El Diario*
Llaman a declarar a director del CERESO / Luego de encontrar abandonado su vehículo en el lugar en donde fueron ejecutados el pasado martes un ministerial y un elemento de la Policía Municipal / jueves 31 de mayo de 2007 / JUAN MANUEL VERGARÁ GONZÁLEZ / *El Diario*
Determina la procuradora / "Mataron a policías por corruptos" / viernes 01 de junio de 2007 / ARMANDO RODRÍGUEZ / *El Diario*
Cazan a policías / Emboscan a comandante de la Ministerial; lo dejan malherido / martes 22 de enero de 2008 / ALEJANDRO QUINTERO / ARMANDO RODRÍGUEZ / *El Diario*

Militarizan calles / Realizan retenes, patrullajes y cateos / miércoles 23 de enero de 2008 / SANDRA RODRÍGUEZ NIETO / *El Diario*
El Chapo Guzmán, detrás de ataques / miércoles 23 de enero de 2008 / *El Diario*
Según una versión / Grupo de El Mayo Zambada está detrás de atentados contra policías / martes 29 de enero de 2008 / *El Diario*
Deja mensaje con nombres de los que serían ejecutados / Amenaza narco a policías / Agentes en alerta roja con armas de grueso calibre / domingo 27 de enero de 2008 / ARMANDO RODRÍGUEZ / *El Diario*
Faltaban 7 días a reo asesinado para salir / sábado 05 de enero de 2008 / B. CARMONA / A. RODRÍGUEZ / *El Diario*
Fue por consigna masacre en penal / Reos asesinos traían una lista con nombres y los fueron matando uno por uno; asumen las fuerzas federales la vigilancia en el Cereso estatal / jueves 05 de marzo de 2009 / BLANCA CARMONA / *El Diario*

Capítulo 9. Fracturas

Muere al chocar con camión / Jueves 02 de marzo de 2006 / JAVIER SAUCEDO ALCALÁ /*El Diario*
Consignan a chofer por doble homicidio / Está acusado de provocar la muerte de ex policía y otra persona en un choque / sábado 04 de marzo de 2006 / ARMANDO RODRÍGUEZ / *El Diario*
Confirman familiares que chofer fue baleado / Muere otro por choque contra rutera; era ex capitán de policía / El ahora occiso estuvo bajo investigación por la desaparición de dos oficiales / viernes 03 de marzo de 2006 / ARMANDO RODRÍGUEZ / *El Diario*
Van en el año doce policías asesinados / jueves 22 de noviembre de 2007 / ARMANDO RODRÍGUEZ / *El Diario*
Identifica PGR a jefes de cártel / Son responsables de ejecuciones y tráfico de cocaína a EU / miércoles 03 de marzo de 2004 / CARLOS HUERTA / *Norte de Ciudad Juárez*
Inician operativo para frenar las ejecuciones / Comisionan a 80 agentes estatales;

vendrá apoyo de otras ciudades / jueves 02 de septiembre de 2004 / ARMANDO RODRÍGUEZ / El Diario

"Vamos por los malos policías: SSPM" / 15 de abril de 2008 / LUZ DEL CARMEN SOSA / El Diario

Ciudad Juárez, batalla sin destino / miércoles 05 de mayo de 2010 / PATRICIA DÁVILA / Proceso

Decapitan a 2 y los visten de mujer; uno era policía / Dejan mensajes en cuerpos y en cartulinas; compañeros identifican al agente municipal / lunes 17 de mayo de 2010 / El Diario

Asesinado resulta ex policía / Dueño de bar acribillado la noche del martes presenta 29 heridas de bala a quemarropa / jueves 23 de marzo de 2006 / ARMANDO RODRÍGUEZ / El Diario

La protección militar al cártel de Juárez / miércoles 13 de enero de 2010 / RICARDO RAVELO / Proceso

Muerto den Paseo del Río / Remataron al hombre que dieron Ley Fuga / sábado 15 de abril de 2006 / ARMANDO RODRÍGUEZ / El Diario

Acusa ex jefe policiaco a Reyes Baeza de proteger a narco / miércoles 03 de marzo de 2010 / SANDRA RODRÍGUEZ / ALEJANDRO SALMÓN AGUILERA / ROCÍO GALLEGOS / El Diario

Policías ejecutados protegían a un civil / Busca PGJE a un agente ministerial dueño de uno de los autos rafagueados / domingo 21 de mayo de 2006 / GABRIEL ACEVEDO LEYVA / Diario de Chihuahua

Los investigan por ejecución en San Felipe / Caen otros 3 agentes / miércoles 24 de mayo de 2006 / ALBERTO DELGADO HERNÁNDEZ / Diario de Chihuahua

Causa anónimo revuelo / viernes 26 de mayo de 2006 / El Diario

Recibe secretario de Seguridad Pública amenaza de muerte / jueves 13 de julio de 2006 / JUAN MANUEL CRUZ / El Diario

Eran parientes de narco dos hombres asesinados / miércoles 28 de mayo de 2008 / ARMANDO RODRÍGUEZ / El Diario

Manta colocada en plaza comercial Los Nogales / "Narcos" responden reto a banda contraria con manta / sábado 14 de junio de 2008 / LUZ DEL CARMEN SOSA / El Diario

¡Otros ocho! / martes 13 de mayo de 2008 / ARMANDO RODRÍGUEZ / ALEJANDRO QUINTERO / El Diario

New Adversary in U.S. Drug War: Contract Killers for Mexican Cartels / 4 de abril de 2010 / WILLIAM BOOTH / Washington Post Foreign Service

Revelan modo de operar de sicarios / Tienen "oficinas" y se dividen la ciudad en distritos; cobran 3 mil pesos semanales / martes 22 de septiembre de 2009 / El Diario

Acusan a 36 de 900 homicidios, pero presentan cargos por sólo 63 casos / lunes 11 de enero de 2010 / SANDRA RODRÍGUEZ NIETO / El Diario

Detenidos en fábrica denuncian tortura / miércoles 20 de febrero de 2008 / SANDRA RODRÍGUEZ NIETO / El Diario

Detención de capo en Parral, el mayor golpe de operación conjunta / sábado 17 de mayo de 2008 / El Diario

Viven habitantes noche de terror / Balacera en V. Ahumada; 6 muertos y 8 levantados / lunes 19 de mayo de 2008 / SANDRA RODRÍGUEZ NIETO / El Diario

Golpe al narco; cae El Chalo / Junto con Gonzalo García fueron detenidos otros dos presuntos sicarios en Lázaro Cárdenas / martes 15 de julio de 2008 / El Diario

Patrullan la ciudad sólo 300 militares / Se llevan a la mitad de soldados a otros poblados del estado / martes 27 de mayo de 2008 / SANDRA RODRÍGUEZ NIETO / El Diario

Suman 141 personas asesinadas en mayo / domingo 01 de junio de 2008 / ARMANDO RODRÍGUEZ / El Diario

Surge correo electrónico con nuevas amenazas / El mensaje advierte sobre más ejecuciones, balaceras en lugares públicos y la quema de locales comerciales / jueves 19 de junio de 2008 / LORENA FIGUEROA / El Diario

Consulado de EU emite advertencia / sábado 24 de mayo de 2008 / SANDRA RODRÍGUEZ / El Diario

Asesinan a 10 más; decapitaron a dos / sábado 24 de mayo de 2008 / ARMANDO RODRÍGUEZ / El Diario

Jornada negra / Matan a 15; se impone récord de homicidios dolosos / viernes 30 de mayo de 2008 / ARMANDO RODRÍGUEZ / El Diario

Chihuahua encabeza el número de ejecuciones /Al 15 de agosto sumaban mil 26; a nivel nacional son actualmente más que las de todo el 2007 / domingo 17 de agosto de 2008 / El Diario

Matan en auto oficial a sobrino de procuradora / Tenía antecedentes penales en EU; fue arrestado en El Paso hace tres años con 160 kilos de marihuana / miércoles 29 de octubre de 2008 / ALFREDO RUIZ LOYA / ARMANDO RODRÍGUEZ / El Diario

Lo ejecutan y lo dejan colgado / miércoles 05 de noviembre de 2008 / ARMANDO RODRÍGUEZ / El Diario

Cuelgan en el puente al revés cuerpo de hombre decapitado / La cabeza se encontró en la Plaza del Periodista; en ambos lugares dejan "narcomensajes" / viernes 07 de noviembre de 2008 / ARMANDO RODRÍGUEZ / El Diario

Dejan cuerpo mutilado en estación Cuauhtémoc / Fue estrangulado y recibió tiro en la cabeza; intervienen frecuencia y amagan de muerte a agentes / martes 11 de noviembre de 2008 / ARMANDO RODRÍGUEZ / LUZ DEL CARMEN SOSA / El Diario

Para sumarse a la lucha antidrogas / Pide el gobernador no publicar hechos violentos "con morbo" / "Narcos juegan con los medios para sembrar el terror", dice / martes 11 de noviembre de 2008 / JOSÉ N. HERNÁNDEZ BERRIOS / El Heraldo de Chihuahua

"El Choco" recibió 10 balazos / viernes 14 de noviembre de 2008 / LUZ DEL CARMEN SOSA / El Diario

Ligan a ex judicial con muerte de "El Choco" / Informante involucra a ex agente de grupo que indagaba ejecuciones, según expediente del caso / Procuraduría tiene meses con datos y aún no gira órdenes de arresto / viernes 13 de noviembre de 2009 / El Diario

Asesinan a fiscal que llevaba crimen de "El Choco" / miércoles 29 de julio de 2009 / El Diario

Mata a hachazos a nuera embarazada y se entrega / martes 22 de enero de 2008 / ARMANDO RODRÍGUEZ / El Diario

Me amenazaban, dice acusado de homicidio / miércoles 13 de febrero de 2008 /

SANDRA RODRÍGUEZ NIETO / El Diario

Desocupados, más de 116 mil viviendas y 10 mil 600 negocios / lunes 18 de enero de 2010 / SANDRA RODRÍGUEZ NIETO / El Diario

Asesinan a 2 la madrugada de ayer; hallan a uno en pedazos / viernes 31 de julio de 2009 / El Diario

Se disputan tres grupos control del Cereso; tienen autogobierno / domingo 02 de noviembre de 2008 / BLANCA ELIZABETH CARMONA OROZCO / El Diario

Por falta de pruebas, lo absuelven de intento de robo de cajero automático / miércoles 12 de agosto de 2009 / El Diario

Asesinan a otros 13; 2 son menores de EU / En un solo hecho en colonia Arturo Gámiz matan a cinco jóvenes de entre 16 y 19 años / miércoles 26 de agosto de 2009 / El Diario

Nadie reclama el cuerpo de parricida asesinado / viernes 28 de agosto de 2009 / El Diario

Referencias documentales

Averiguación Previa 1186/04 (por el homicidio y parricidio de la familia León Chávez)

Averiguación Previa 5533/2006-505, por el homicidio imprudencial de Alfonso Magdaleno Flores

Carpeta de investigación 20012/09, por el homicidio de Vicente León y de Iván Vital

Expediente de Vicente León en la Escuela de Mejoramiento Social para Menores México

Expediente de Vicente León en el Centro de Readaptación Social para Adultos de Ciudad Juárez

Modificación y Actualización del Plan Director de Desarrollo Urbano del Municipio de Juárez, Chihuahua / febrero de 2003 / Instituto Municipal de Investigación y Planeación

La realidad social de Ciudad Juárez / Clara Jusidman y Hugo Almada / Universidad Autónoma de Ciudad Juárez

La gestión del suelo urbano en Ciudad Juárez, Chihuahua: la difícil transición de la *gobernabilidad autoritaria a la gobernabilidad democrática* / César Fuentes y Luis Cervera Gómez / Colección Paso del Norte, El Colegio de la Frontera

Casos 3:08-cr-00059-DB y 3:08-cr-02985-DB de la Corte de Distrito para el oeste de Texas

Revisión del Cereso Municipal de Ciudad Juárez, Chihuahua / 31 de octubre de 2008 / Procuraduría General de Justicia del Estado de Chihuahua

Narcotráfico. El gran desafío de Calderón / Alejandro Gutiérrez / Editorial Planeta

Ficha informativa sobre la carpeta de investigación 28882/2008, por el homicidio de Armando Rodríguez Carreón

"Femicide in Juarez, Mexico: The Hidden Transcript That No One Wants to Read" / Erin Frey / Brandfor Collage / Yale University / april 7, 2008

Los documentales del feminicidio en Ciudad Juárez / Sonia Herrera / Laia Farrera / Marta Mauxí /Dolors Sierra / Xavier Giró / Observatori de la Cobertura de Conflictes-UAB / Generalitat de Catalunya

Inscripción 44 del libro 37, sección Comercio del distrito judicial Morelos (Chihuahua) / Registro Público de la Propiedad del Estado de Chihuahua

Inscripción 2 del libro 34 primero, sección Comercio del distrito judicial Morelos (Chihuahua) / Registro Público de la Propiedad del Estado de Chihuahua

Índice